私の消滅

中村文則

文藝春秋

私の消滅

このページをめくれば、
あなたはこれまでの人生の全てを失うかもしれない。

1

古びたコテージの狭い部屋。机の上に、そう書かれた一冊の手記がある。ページはすでに開かれている。誰かに読まれるのを、この場所でずっと待っていたように。

机の他には、簡素なベッドしかない。歩く度に木の床が軋《きし》んでいく。微かな風で、疲労した薄い窓がカタカタ鳴り続けている。

僕はバッグの中の、手に入れた身分証明書を意識する。小塚亮大《こづかりようだい》という男の、保険証や住民票、年金手帳まで。１９７７年生まれとあるから、実際の僕の二つ上。日本の身分証明制度はどうかしてる。これらの証明書に顔写真はなく、僕はこれで自分の顔写真入りのパスポートを申請することもできる。小塚亮大に成り代わって。

手記の文面を見る。古びた紙に印刷され、クリップで簡易に綴《と》じられている。これは、小塚の手記に違いなかった。僕がこれから成り代わる人間の、恐らく人生が書かれた手記。

部屋の奥の白いスーツケース。鼓動が微かに速くなる。あのスーツケースは、僕が持ってきたものじゃない。あの中に、入ってるのだろうか。小塚の死体が。窓の外で木々が揺れている。この場所にある不吉を僕に知らせるように。でもそれは、最初からわかっていたことなのだ。あのスーツケースをこの山林に埋めれば、全て終わるだろう。

〝このページをめくれば、あなたはこれまでの人生の全てを失うかもしれない〟。彼は最初のページにそう書いている。でも、僕はこれまでの人生を失うつもりはない。彼がその人生において何かやり残していたとしても、その義務は負わない。欲しいのは彼の身分だけだから。

机を覆う薄い埃《ほこり》を、瘦《や》せたデスクランプの光がオレンジ色に照らしている。僕は煙草に火をつけ、その傷んだ手記のページをめくる。

【手記 1】

きっかけは恐らく、近所の葬儀だった。

少女が誘拐され死体で発見されていた。喪服を着た黒い人間達が、汗をかき、窮屈そうにひしめき合っている。小学三年生だった私は、その黒い他人達に囲まれたクラスメイトを見ていた。殺害されたのは、そのクラスメイトの妹だった。彼の両親が、少女の遺影を手に立っている。

逮捕されたのは無職の三十代の男で、少女を誘い、車に乗せ、騒がれ殺したと供述した。その男は巨大な身体をし、すり切れたバスケットシューズをはいていた。やや背を前に傾け、町をさまよう姿を何度も見たことがあった。

クラスメイトは、その父親違いの妹を疎《うと》ましく思うと私に話していた。なぜ私にだったかというと、私にも父親違いの妹がいて、存在を疎ましく思っていたから。葬儀が気だるく間延びしながら終わり、クラスメイトに近づいた。喉《のど》が渇き、呼吸が浅くなっていく。少女が死んだのも、逮捕された犯人もそうだが、そのクラスメイトが恐ろしくてならなかった。私は彼に囁《ささや》く。葬儀場の様々な灯りが、柱のように立つ他人達を直立の影にしている。影達は交差し、奇妙な幾何学《きかがく》的な模様をリノリウムの床に映していた。

「……どうやったの?」

クラスメイトの仕業と思ったのだった。彼が、あの巨大な男に自分の妹の美しさをちらつかせたのだと。仕事を辞めさせられ、町を歩く孤独の中で暗部を少しずつ育てていた――あるいはその暗部が、孤独の中で自ら勝手に大きくなっていた――男に、野良犬に肉を見せるように自分の妹を見せたのではないかと。当時そんな言葉は知らなかったが、完全犯罪といえた。自分の手は汚さず、町をうろつく狂気に邪魔な存在を襲わせる。でも彼は私を不思議そうに見た。涙が滲《にじ》む目で。自分の見当違いに気づく。クラスメイトは、その父や母に励まされ頭を撫でられていた。周囲の他人達からも。自分は醜いという思いが、せり上がって来る。首や頬に不快な熱を感じ、羨《うらや》むように茫然《ぼうぜん》と見ていた。交差する直線の影達の中で。

当然のことながら、これは当時の私に、今の私が言葉を与えてるに過ぎない。当時の私の内面は漠然《ばくぜん》としていた。自分の想像を恥じたが、でもその想像は、自ら意志を持ったように消えなかった。

夕方、私は「家」に戻った。妹は私を見ると泣き、祖母の元へ走った。祖母は父の母だから、私と血が繋がらない。妹は私が叩いたと言う。葬式に行ったのは嘘で、ずっと私が妹をいじめていたのだと。

祖母は泣く妹を慰《なぐさ》め「あとはお婆ちゃんに任せなさい」と言った。私は祖母と二人きりになる。でも彼女は、今回は妹の嘘に気づいていた。彼女が持つ、土色の長い定規。本来の目的と異なる使われ方をすることに、慣れているように見える硬い定規。対処する方法は知っていた。軽く叩かれただけで、火がついたように泣けばよかった。そうすれば、この臆病な祖母は手を緩める。だから目の前の定規より、逮捕された巨大な男や死んだ幼女、つまり事件の方を恐ろしく感じていた。彼女は定規を畳に置き、こちらをじっと見た。左の目が黄色く濁っている。神経症的に、そのまぶたを時折震わせた。

「あなたがやったんじゃないんだろうけど、怖がらせてるんだからね。わかってるね？」

わかるはずはなかった。私は妹を一度も叩いたことがない。

祖母は後に引けなかった。彼女は妹を自分の命より愛していた。妹への愛情が彼女のほぼ全てを満たし、妹に危害が加わるのを強迫観念のように恐れ、それは存在を覆《くつがえ》すほどの痛みとなり彼女を苦しめた。愛情から生まれたものが、ヒステリーとなり他者を攻撃する。

ドアの向こうで、私が叩かれるのを待つ妹の存在に私も祖母も気づいている。私は祖母を見つめ返す。叩かれても我慢できるから大丈夫という顔で。安心していい、早くやっていいという顔で。そうやって相手を媚《こ》びるように見る時、私の中にはいつも、快楽に似た温かさが生まれていた。彼女は定規を振り上げ、しかし私のすぐ前の畳を打った。妹の気配が離れていく。大人の知恵に感心する自分を感じた。

祖母、その息子の父、父と母の子供である妹、母の連れ子である私という兄。祖母は立ち上がり、困惑しながら眉をひそめ私を見た。左の濁った目のまぶたを震わせながら。なぜ私がこの家にいるのかという風に。この世は全く上手くいかないという風に。私という異物がなければ、ここは完全な家になる。私の存在が、祖母のまぶたを震わせ続ける。

その夜、自分にあてがわれている部屋を出、何年か振りに母と寝たいと思っていた。町の事件に恐怖し、自分の想像も怖く母を必要としたのかもしれない。あるいはその殺人により私の何かが興奮し、静めてもらいたかったのかもしれない。私に親しみを与えず弾《はじ》くような、裸足《はだし》の足に伝わる廊下の冷気。母にお腹が痛いと言えば、私の部屋に来るだろう。

ドアの前で声が聞こえた。父が母に言う声。

「今日も泣いたんだろ?　なんでこうなる?　なんで兄妹で仲良くできない?」

「すみません。私からよく言って聞かせますから」

「いや、もう何度もこんなことがある。俺もかあさんから小言だよ。会社の争いから帰ると家の争いがある」

「すみません」

「なあ、そんな顔で言われるとさ、俺が悪いみたいじゃないか。お前そう思ってんだろう？」

「……すみま」

父が母を叩く音。鼓動が速くなる。いつもそうだった。この音が聞こえると、足の力が抜け筋肉が硬直していく。

「……俺は子供を殴ったりする親じゃない。そんなやつはクソだ。でもお前大人だよな？なあ、なんで仲良くできない？　争いは醜いと思わんか？　なんでみんな争おうとする？」

父が母を叩く音が続く。母の短い悲鳴。私はそのドアの前でただ立っていた。銀のドアノブが、暗がりの中でぼんやり光って見える。ドアは、酷く薄く頼りなかった。開ければ、自分の人生が急変するかもしれないドア。

父の暴力はエスカレートしていく。母の抑えた悲鳴も大きくなる。でも不思議なことが起きた。次第に父の息が荒くなり、相撲《すもう》を取るような床の響きがあり、母の悲鳴が息というか、苦しみながら喜ぶようになる。床の響きは続いている。あれだろう、と思っていた。一度、一瞬だけ見た光景。父が私から母を奪うように覆いかぶさり、しかし母が喜んでいるあの光景。**開けてみる？**　ドアが囁いていた。今度はじっくり見てみたらどうだろう？きみのまだ未熟な精神を根底から揺さぶるかもしれない光景を。その声はなぜか、私が観ていたアニメの登場人物、その誰かの声に似ていた。

これをしっかり見たら、きみは変われるんじゃないだろうか？

でも私は部屋に戻り、ぬいぐるみが欲しいと思っていた。女の子みたいで恥ずかしいが、何か、勇ましい動物のならいいのではないかと。父も母も、町で起こった殺人に興奮していたのかもしれない。

まだ町にいるだろうか、と私は思っていた。逮捕されたあの男以外の狂気が、まだこの町に残ってるだろうかと。その狂気が私達を襲う光景が目に浮かんだ。他人の死に興奮した愚かな者達を。巨大な狂気がのしかかり、無造作に首を絞めていく。そしてまた新たな興奮を生むのだ。

＊

私にはしかし、自分だけの空間があった。息苦しくなると、よく向かった場所。

家は町の高台にあり、裏口のすぐ前に古い道路が伸びていた。途中ガードレールを越え林へ進むと、町を見渡せる場所に出る。林が途切れる辺りに、四メートル四方くらいのスペースがあった。下は急な崖《がけ》になっているが、風景は広く開放感があった。

あの頃、よくその場所でじっとしていた。林の木々を、見つめていた記憶がある。羨ましい、と思っていたのだろうか。何も考えることなく、ただそこに立ち続ける木々。あの場所にいれば、大きな木々の群れの中で、寂しさを感じることなく一体化できると思っていたのだろうか。木々を人格化したのか、自分を非人化したのかわからない。だが夜になると、木々は自分を囲み見下ろすようで恐怖の対象になった。

風に揺れるとさらに恐ろしくなる。でも私は耐えながらその場にいたこともあった。強くなる、と思っていたのだろうか。その場にいることができれば、自分はこれからどのようなことにも耐えられるという風に。暗闇の中で、覆いかぶさりながら揺れる無表情な木々の下にい続けた。私はよく自分を試すことがあった。クラスメイト達との、危険を試す遊びにも積極的だった。死への願望でなかった。自分を強くする儀式。

そのような自分だけの場所に、なぜ妹を連れて行ったのだろう。以前から急かされてはいた。私が家から時々抜け出し、どこかに行くのを妹は知っていて、よく連れて行けとせがんだ。妹はいつも私に敵対してるわけでなかった。不安定になると幼い悪意を見せるだけで、普段は可愛らしい面も持ち合わせていた。妹も私が異物であると感覚的に認識し、その歪《いびつ》さに混乱していたのだと思う。近所で葬儀があり、幼い妹の中で死んだのが私となり、悲しみと安堵の最中に私が帰ってきたから混乱したのだ。

私は叩いたことの詫《わ》びとして、妹を連れて行った。叩いたことなどなかったが、幼い妹の中で事実となり、同じく幼い私の中でも事実でないと思いながら罪悪感だけ残っていた。罪悪感。確かにあの時の認識はそうだった。

妹は着くと歓声を上げた。その日は遅かったので、ただ見せただけで帰った。しかし夜、私はベッドの中で落ち着かなくなっていた。妹があの崖から落ちる姿がちらついたから。

翌日、もうあの場所に行ってはいけないと言っていた。行く時は一緒でなければ駄目だと。妹はすねた。あの場所はお兄ちゃん（そうだ、妹はそう呼んでくれた）だけのものじゃないと。もう自分のものだとも。

私の中に不安が少しずつ育っていった。毎日、妹が帰って来る度、その無事に安堵した。

「あの場所行ったの？」聞くと妹は時々うなずいた。

「行ったら駄目だよ」

「楽しい。マホちゃん（アライグマのぬいぐるみ）と今度行く」

私は不安になる。不安はどんどん育ち、時々息が苦しくなった。

一週間が過ぎ、一ヵ月が、二ヵ月が過ぎた。

妹が心配でならず、頼み込むように、絶対あの場所に行くなと繰り返した。妹は聞かなかった。まるで私の反応を楽しむ様子で。

学校から帰り、妹がいないといつも動揺した。探すため家を出る。でも秘密の場所に妹はいない。落ちたのか。足が震え力を失っていく。崖から見下ろしても妹の気配すらない。私が茫然と家に戻ると、いつも妹はすでに帰っていた。何かが喉を通る感触を重く感じた。食事が喉につっかえるように思え、喉の途中でそれらが不意に重くなり、止まってしまうように思え、慎重に、少しずつしか飲み込むことができなくなった。目が醒《さ》めると鼓動が激しかった。寝返りを打ち横を向くと、鼓動がベッドを伝い、枕につけた耳にいつまでも聞こえるのだった。

そして奇妙な感覚が浮かんだ。今の私が言葉にすると、恐らくこうなるように思う。この苦しさは、妹が崖から落ちないと終わらない。

望んでなかった。でも、いつ妹が落ちるかの不安が、滞《とどこお》りが、私に早期の解決を思い起こさせたのだろうか。どのような結果でもいい、この不安が、どのような形であれもう終わるならということだろうか。

だから妹が一緒に秘密の場所に行こう、もう今後一人で行かないと言った時、私は妹に感謝した。妹はあれから一人で行ったのだろうが、家のすぐ側でもやはり恐怖を感じ、私を必要としたのだと思う。後から知ることになるが、あの場で昔自殺があったようだった。不可能な恋愛に悩んだ若い男が、センチメンタルに命を失っていた。あの場に私達が惹《ひ》かれたのは、子供特有の秘密の場所に行きたい、つまり潜在的な親への反抗というよくある心理だけだったろうか。今となってはわからない。

妹は手にマホと名づけられたアライグマのぬいぐるみを持っていた。日曜日の夕方。暗くなる前に戻らなければならない。

到着すると妹はまずはしゃいだ。何かのイタズラを楽しむ様子で。アライグマのマホと並んで座り、ママゴトをしようと言った。

私と妹が夫婦役、アライグマのマホが娘。私は自分の秘密の場所が「家」のようになるのが嫌で、もう小学三年生で、妹とのママゴトはいつも長くなり、暗くなる前に帰る必要があった私は――祖母にばれるわけにいかない――断った。妹は泣いた。背を向け、帰れと言った。これからまた一人で来ると妹が言った時、喉がつっかえ、息までが苦しくなった。あの不安が始まる。妹を慰めるためその背に近づいた。

妹は背を向けていたが、アライグマのぬいぐるみが私を見ていた。薄汚れたアライグマが、力なく私を威嚇《いかく》していた。なぜ威嚇してるように見えるのだろう、と私は思っていた。でもこれはぬいぐるみだから、私の接近を妹に知らせることはできない。なぜかそのような思いを浮かべていた。近づきながら、妹をびっくりさせるという考えが静かに浮かんでいた。そうすれば、妹はこの場所の危険を身をもって知るだろう。もう来なくなるだろう。

突然肩をつかむようにすれば、妹は驚くが私がつかんでるので安全だった。頭の中に、緩く絡まりながら伸びていく、黒い線を見たように思った。手が妹に近づいていく。喉のつかえが重くなり、鼓動がなぜか速かった。黒い線の先がほつれ、枝分かれしていく。その線がやがて、葬儀の床に見た、太い直線の影達の交差、あの幾何学の模様と重なりなぜか面前に浮かぶ。幼女の死に騒いだ町。幼女の死に興奮し抱き合った父と母。なぜかそのようなことがちらついた。鼓動が鳴り続けている。何かの危険を私に知らせるように。手を伸ばし、妹の小さな肩を右手でつかむ。つかんだ瞬間、五本の指に違和感を覚えた。本来触れてはならないものに触れた感覚。妹が強い力で私の手を振り払い、その動きで、アライグマが彼女の手から離れた。それをつかもうとバランスを崩した妹は、細い左足から滑るように崖から落ちた。私は茫然と見ていた。妹はその全ての動きを、私の目の前で、自分一人の動きでしたのだった。妹が落下していくのを見ながら、否応なく、喉のつかえがすっと下へ降りていく。

私はなぜ、初めに妹を秘密の場所に連れて行ったのだろう。私の中にあったのは、確かに妹を叩いたことへの罪悪感だった。もちろん叩いてはいないが、幼い私の中にはそのような倒錯した罪悪感があった。だから謝罪として、妹を連れて行くのに抵抗がなかった。

感じていたのが殺意だったら、臆病な私は恐怖し妹を連れて行かなかったはずだった。その罪悪感の発生にも、奇妙な点があった。まるで、妹を殺害した後の罪悪感を先取りし、それへの謝罪のために妹をあの場所へ連れて行ったように。心理が奇妙な循環を見せていた。

ただ大きな鼓動だけがいつまでも続いていく。そもそも妹に、なぜ執拗《しつよう》にあの場所に行くなと言ったのだろう。妹の性格を考えれば逆をするはずなのに。

小学三年生だった私の中に最初に浮かんだのは、びっくりさせようという思いだった。あのような幼い私の中に、生々しい殺意はあったのだろうか。いずれにしろ問題なのは、行為の果ての結果だった。「でも誰かが落としたはず」そう声が聞こえた。私がよく観ていた、アニメの登場人物の声。落としたのは当然私だった。

足の力が抜け、動くことができなくなった。息を吐き出すことができず、吸うことしかできず、声を上げられなかった。私はその場で眠るようにうずくまった。でもアニメの声は止まなかった。声は続けてこう言うのだった。

「落としたのがもしきみでなかった場合、きみの人生はもっと厄介なことになる」

文章から顔を上げると、灰皿に放置された煙草が目に入った。僕が忘れていた、吸われることなく燃え尽きた煙草。

2

窓の向こうでは、接近したように見える木々が不機嫌に揺れ続けている。不愉快な振り子のように。もう辺りは暗い。

僕は改めて目の前の手記を見る。それほど分厚いものではない。もう三分の一は過ぎている。

孤独な文章。そう思っていた。なぜなら、これは多くの人間が共感できる内容じゃないから。異質な存在は弾かれる。そういう意味で、この小塚の文章は僕に似ていた。では自分はどうか。口元に笑みが浮かぶ。別の意味で共感などできない。なぜなら、もう自分には感情というものがほとんど残ってないから。ただ時折心臓の鼓動が微かに速くなるだけだ。感情の名残りのように。手記の先を少しだけめくり、そこに書かれた「妹」が怪我で済んだのを知り、何だ死んでないのかと思っただけだった。

部屋の奥の白いスーツケースを眺める。目の前にはその彼の人生が書かれた手記。**パッ**

ケージ化された人生。

まだ途中だが、ノートの内容を頭で反復していく。これは陰鬱《いんうつ》な人生だった。そうか、と僕は思う。そうか、だからこの人生はあんなにも安かったのか。

不意に渦《うず》のように何かがせり上がって来る。僕はそれを意識に上らせる前に、飲み込もうとする。頭痛がする。鼓動が速くなるのを、深く息を吸って抑えようとした。僕は周囲を見渡す。考えてはいけない。小塚の身分を手に入れ、僕は早く姿を消さなければならない。

もう一度煙草に火をつけ、手記の続きを読む。あと三分の二。

【手記　2】

でも妹は死ななかった。崖の下へ落下し身体《からだ》を強くぶつけ、さらに滑り落ちたが不法投棄のタイヤと自転車の残骸に引っかかった。両足の骨折と肩の脱臼で、気絶していたが、命の有無に影響はなかった。本来なら死んでいたはずで、偶然が結果を変えていた。近くで虫取りをしていた子供のグループに、発見されることになる。

後に、殺人と殺人未遂で罰が異なると知った。では罰とは、人間の殺意と行為そのものだけに科せられるものでなくなる。結果、つまり運によって罰が軽減されるのが不思議だった。人間に感知できない運によって、人知を超えた要因でその罰が変わるのだ。

家は一変した。事故と処理されたが、殺そうとしたのに変わりなかった。私は自分の内面の動きを説明する術を持たなかったし、説明しても結果的に殺意のように思えた。祖母は体調を崩し、父の怒りは、対外的配慮で母の顔に手を出さなかったのを忘れるほどだった。左の目の周囲と、頬《は》を腫らした母は私を連れ家を出ることになる。母の右腕の骨にヒビが入り、包帯を巻いていた。私の妹への内面のあの動きが、母の顔を腫らし腕にヒビを入れたことになる。私は祖母の瞼《まぶた》の痙攣《けいれん》であると同時に、母の顔の腫れそのものであり、母の腕のヒビそのものだった。やがて祖母が死んだ。

　母はすでに両親の死んでいる故郷の東京郊外に戻り、スナックに働きに出た。母の父は酒飲みだったらしいが、母も酒に頼った。店で不快な目に遭うと、量が増えた。一度、母が私を真っ直ぐ見て言ったことがあった。「私はそんなに悪かったの？」。母の言葉は当然だった。母はただ、暴力的な家と再婚したに過ぎない。私にとって妹は半分の血の繋がりしかないが、母にとって紛れもなく自分の娘だった。ここに私と母のねじれが存在した。私はただ、自分のしたことが恐ろしくてならなかった。偶然がなければ、殺していた事実。実現されなかっただけで、もう一つの現実としてどこかに存在してるように思えた。内面の奥で動くものを把握できなかったが、ぼんやりした違和感があったように思う。「私はそんなに悪かったの？」。私はだから、自分に対してでなく、自分の中にある何かに母にそう言って欲しいような、そんな思いを抱いていた。

　母のそばにスナックの客が来るまで時間はかからなかった。男は時々母を殴った。ふすまの戸を隔てた向こうで、その暴力は性行為に向かうのもしばしばだった。私達の住むアパートは２Ｋの手狭なものだった。目の前のふすまの戸は、以前の家のドアより頼りなかった。そういう時私はよくアパートを出されたが、まだいるのに始まることもある。男が来なくなるとしばらく平穏だったが、母は汚れた換気扇の前で、煙草を吸いながらぼんやりするのが増えた。また別の男が来て、母を殴り、母を殴らない男は来る期間が短かった。母はただ、寂しかっただけだった。なぜ母の元に来る男達は暴力を振るうのか。暴力を振るわない男はなぜ母の元に少しの期間しかいないのか。あの頃の私に分析する力はなかった。

小学四年生になった頃部屋にいた男は、私にも力を振るうことがあった。左利きの男で、主に平手だが、時々左足を使い蹴った。そんな時、母は泣いて男を止め、男は止められると母を隣の部屋に引きずっていき、私の代わりにぶった。時々それは性行為に変わり、母の抑えようとしても漏れる声がふすまの戸から聞こえる。私はそんな時、テレビゲームをした。当時のゲーム機である、ファミリー・コンピュータ。名前とは裏腹に、私しかやらないものだった。ゲームの中に、没頭した。アニメや漫画にも、没頭するようになった。その中に自分の世界を築き上げようとしたのかもしれない。

『スーパーマリオブラザーズ』。マリオというキャラクターが、二人用ではルイージもだが、クッパという亀の怪物に攫《さら》われたピーチ姫を助けるため戦うゲーム。ピーチ姫を助けるのに魅力を感じず、クリアを避け、ゲーム内に用意されたワープも使わず丹念にその世界にい続けた。敵が来る。それらを避け、体重をかけ踏み潰す。私は何度も敵を避け、何度も踏み潰した。その頃は別のゲームが流行ってたが、私は中古で買ったファミリー・コンピュータと同時にそれを中古で買い、ソフトは一つだった。私は自分の意志で何かをやり始めると、いつまでも集中する癖があった。ゲームの滑稽《こっけい》な音楽の合間に、母の声が聞こえた。ドラゴンボールというアニメの主人公、孫悟空《そんごくう》が敵と戦う鬼気迫る映像の合間にも、母の声は聞こえた。

それが起こったのは、同じく小学四年生の、夏休み前の晴れた日だった。私は運動靴の右足の内側だけがいつもすり減るのを、気にしながら歩いていた。学校から帰る途中にある、真っ直ぐな一本の道。顔を上げると、短いスカートをはいた大人の女性が歩いていた。私は、その短いスカートから出ていた白く、弾力というか、柔らかさを感じる二つの長い足、特に露《あら》わになっていた太ももを見た時、性器が酷く大きくなっていった。

その現象は、度々あった。ゲームやアニメの音の合間、母の声が聞こえた時。私は不安になり、よりゲームやアニメに没頭しやり過ごした。でもその時の私の性器はそれまでより酷く大きくなり、痛みを覚えるほど、大きくなり、やがて感じたことのない快楽の予感を覚えた。不安になり、マリオや孫悟空を思い浮かべようとした。ジャンプするマリオや戦う孫悟空で、目の前の女性の二つの足を隠そうとする。でもマリオや孫悟空には重力がなかった。力なく飛散し、紙のように破れ、足が白さを強調するようにまた面前に現れてくるのだった。

何だろうこれは？　と思っていた。私の性器は、歩くことでズボンの裏地にこすれ続け、快楽がかなり高まって来る。快楽の中で歩くほど女性に近づくことになり、漂う香水の匂いが体内に入った。まさかその女性も、香水が子供に作用すると思ってもなかっただろう。あの足にふれることができたら。目の前のそれは、当時の私にとっては、この世界に存在する私の意志を越えた何かだった。意識が遠のくほどの快楽の中で、ぶつかるだけだ、と思っていた。アクシデントみたいに、ぶつかるだけだ。ぶつかったら、謝ろう。いや、駄目だ。そんなことをしては、駄目だ。私は思い直したが、この性器の違和感を母に向けるより、この目の前の女性に向けた方が正しい気がした。では、自分はそのままやるべきなのか？　これを誰に向ければいいのだろう？　思考が混乱していく。歩く速度を緩めることができない。初めての快楽に、私は対処する術を持たなかった。ぶつかるだけだ、それだけだ、そう思った時、女性の足に軽くぶつかっていた。その瞬間、快楽が許容範囲を越え、意識が遠のき、さらに求めようとした私の性器が女性の足にふれた。柔らかさを感じ、女性の甘く刺激のある香水の匂いに包まれた時、精通していた。

女性は、精通がどういうものか、知らないかもしれない。精通とは、男性が初めに射精を経験することだった。多くの場合、小学五、六年生頃起こり、男性は性器が勃起していくことも、快楽が起こり、白い液が出ることも、なぜなのかわからず混乱する。セックスと関連するとわからず、自分だけに起こるのか、病気でないかと不安になるケースもある。

私はその時、社会に発見されるべきだったのかもしれない。大人達に成育歴を調べられ、対処を会議され、内面を修理されるべきだったのかもしれない。でもその女性は優しかった。叫び出すこともなく、ただ驚き私を振り返った。女性に近づき、精通した惨めな小学生である私を。だが女性は、私の精通に気づいてなかったように思う。放心した私の状態から「特別学級」の子供と思ったのかもしれない。女性はただ一言**「そんなことしたら駄目だよ」**と言った。傾いていく日の光が、私の状態を照らし続けていた。女性は続けて何か言いかけ、躊躇《ちゅうちょ》し、やや怯えた風にまた歩き出した。香水の匂いだけ残し、アスファルトに座り込んでいた私を置き去りにするように。

確かに、あの時「置き去りにされた」感覚を抱いていた。私の身体の変化と行為に関わらず、私以外の世界に、結果的に何も起こらなかったことへの思いがあった。この精通のタイミングは、偶然だったのだろうか？　よくわからない。私が妹へした行為により、息苦しい生活は変わった。結果的により困難な生活になったが、少なくとも、状況を変えることに繋がっていた。私は、自分の暴走で、状況を変えようと思っていたのではないだろうか。そうでなければ「結果的に何も起こらなかったことへの思い」を感じる必要はなかったように思う。ズボンを汚した私は周囲を見渡し、クラスメイトなどがいなかったことを何度も確認し、恥と快楽と恐怖を抱え部屋に戻った。もしかしたら、私はあの女性に、身勝手にもどこかに連れて行ってもらいたかったのだろうか。

私はそれから、町に出て、同じ快楽を求める行為を繰り返した、とはならなかった。精神は禁欲へ向いた。それがまずかったのだろうか。小学五年生となった時、深夜、酔った母から注意を受けた。私は禁欲の中にあり、母と男の行為の最中、やめさせるため、トイレに行く振りをしふすまの戸を開けた。彼らは布団を被ったまま動いていて、その姿を見ることはなかった。気分の萎《な》えた男が帰った後、母は私を、起きるのがいつも遅いこと、勉強だけはできるみたいだがもの忘れが酷いこと、つまり関係ない事柄で叱った。母の口から、アルコールに混ざった肉の煮物の匂いがした。頭が痛くなり、声をやめさせるため、母の身体を軽く押した。母は酒で酔っていたため、私の実際の力より、大きく身体を揺らし壁にぶつかった。母には元々、大げさに被害態度を取る癖があった。

目の前に、壁にぶつかった被虐《ひぎやく》的な母がいた。しかし私が目にしたのは、また別のものだった。母が、反射的に一瞬、私を誘うように見たのだった。

男達が母に暴力を振るう時、男達と母はそのまま性行為をすることが多かった。暴力的なものが性を誘発するだけでなく、そもそも暴力的なものに性が内包されている。そういった事柄に加え、母の中には、男に暴力を振るわれる時、男を性に誘うことで暴力をやめさせようとする情動があったのかもしれない。自分を痛みから守るために。それを、母は気づかず反射的に私に向けた。母が媚びるように、私の中にある性の衝動そのものをじっと見つめるように、挑むように、私を一瞬見たのだった。口元には微かな笑みが浮かんでいた。母にそんなつもりはなかっただろう。しかし母は、私に身体を押された驚きから、自分がそう私を見ていることに気づいてなかった。その瞬間、何かが私を裂いた。母を殴っていた男達が、私の中に入り込んでくる。弱かった自分を凌駕《りょうが》する高揚、打たれるものから打つものへ変わる染み入るような安堵。しかし私にはできなかった。母を、女性を殴るなんてことは。ましてや、自分でもコントロールできない性を、母親に向けるなんてことは。全てを塞《ふさ》がれた私は、目の前にあった、男の暴力によって外れていた台所の戸棚の板をつかみ、やかんやフライパンが載ったままの台所に振り下ろした。また黒い線を見たように思い、先が枝分かれし迷うように広がっていく。戸棚の板を何度も、何度も振り下ろし、自分の手に痛みが走り、血が流れた時、散乱する食器などの破片が母へ飛んだ。母が顔を抑えうずくまる。その破片が母へ飛び散ることまで計算したはずがない。塞がれた暴力を、破片に実現してもらうなんてことは。母の額から血が流れていくのを見た時、しかし私はすっとしていたのだった。自分の想いが、ついに到達したような、塞がれていたものが、長い年月をかけようやく解放されたような、そんな感覚がせり上がっていた。顔が上気していく。温かな温度が胸や首に広がっていく。なのに私は目の前の母を気の毒に思い、慌てて近寄ろうとした。あらゆる感情が同在して溢れ、眩暈《めまい》を感じその場でうずくまった。

私はそこで社会に発見されることになった。慌てた母が通報していた。パニックになった母を、母の中に隠れていた私への嫌悪が突き動かしたのかもしれない。私がいなければ、そもそも母はあの家にいて、自分の娘とも暮らすことができていた。男達と上手くいかないのも、私のせいであると自分でも気づかないほどの奥底で思っていたのかもしれない。

この年齢の私を少年院に入れるのは難しかったし、そもそものような案件でなかった。情緒が不安定と判断され私は今でいう児童自立支援施設に送られ、内面を修理され、後に私を恐れた母が引き取りを拒否し、別の大人に引き取られるまで児童養護施設で暮らすことになった。

……自分のことのように思えない。全ては遠くのモヤの中の何かのようで、ぼんやりしている。でも、わたしの代わりになってくれる人間がいるらしい。わたしの代わりに、これまでのわたしの全人生、その恐怖を全て引き受けてくれる存在が……、これでわたしは救われることになる。

3

僕はページをめくる手を止める。残りはもう、全体の四分の一しかない。
わたしの代わりになってくれる人間？　その恐怖を全て引き受けてくれる存在……？

【手記　3】

宮崎勤《みやざきつとむ》、という男がいる。

私と世代の近い日本人なら、知らない者はほとんどいない。日本で最も有名な犯罪者の一人。彼は一九八八年から約一年の間に、四人の幼女を殺害した。ちょうど私が児童自立支援施設にいた頃のことになる。二〇〇六年死刑判決が確定し、二〇〇八年六月十七日に死刑が執行された。

彼の犯罪は「おたく」の犯罪と呼ばれた。六千本近いアニメなどのビデオテープや膨大な漫画を所持し、殺害した幼女の性器をいじり、遺体を食した。「おたく」という言葉を広げるきっかけとなった事件。フィクションの世界に耽溺《たんでき》した頭のおかしい幼児性愛者が起こした事件と処理されているが、調べてみると実際は違う。私なりに彼の内面に入ろう。

彼は「両側先天性橈尺《とうしやく》骨癒合症」と呼ばれる、手のひらを上に向けることのできない先天性の障害を持っていた。手のひらを上に向ける動きができない。つまり何かをもらう仕草、店などで釣り銭をもらうあの動きができなかった。誰かに何かを渡すことはできたが、受け取るのが難しいのを意味した。

宮崎は大人しく目立たない子供だった。祖父母、両親の仲は悪く、祖父は祖母に、父は母に暴力を振るうこともあった。仕事の忙しかった両親の代わりに「たかにい」と呼ばれた両足の不自由な情緒障害の男に世話をされる。「たかにい」がいなくなり、祖父が死んだ頃、宮崎に明確な変化が現れる。両親や動物にいきなり暴力を振るうようになり、ビデオや漫画収集が加速する。

父や母など、身近な人間の死で子供は不安定になるが、祖父が死んだ時彼はすでに二十五歳だった。二十五歳であったのに、彼は過度に混乱する。宮崎は一人でいる幼女を見、「この子を盗もう」と思い声をかけることになる。興味深いのが、その時の彼の状態だった。

宮崎は幼女と歩いていくのだが、実際の彼は、自分の姿をした人物と幼女が歩いていくのを後ろから見ていた。その自分の姿をした人物は、幼女と同じ背丈だった。左記は実際の彼の言葉になる。

「外界が恐くていつも心がチクチクしているんですが、得体の知れない力を持つ者が声で急に命令してきた時に恐さが高ぶった時に、するともうそいつが出ている。私は命令をきかないとリンチ以上の目にあうので恐いので、命令に（嫌々）従うため歩きだすのだが、もう一人の自分も（後ろにいる私を振り向くこともなく）歩きだすので、もう一人の自分も得体の知れない力を持つ者達の命令に従うんだなと私には分かる。私は、おっかないのと嫌であるのとでどっきんどっきんしているのだが、もう一人の自分はノソリノソリ歩いている。こいつには感覚とかがまるで無いようなのだ」（手紙文）

ほぼその状態の宮崎と幼女は、彼が昔ピクニックをして楽しかった思い出のある山林にやってくる。不安を覚えた幼女が、急にぐずり出す。

「その子がぐずり出した。裏切られた後、おっかなくなって、私を襲わせないでと強く求めたけど、どんどんおっかなくなって、どうしようもなくなって、あと分からない。ネズミのような顔をした一〇人くらいの大人大のものが周りを取り囲んだ」（裁判供述）

ネズミのような顔をした存在達。これを彼は「ネズミ人間」と呼ぶことがあったが、少女がぐずり出した瞬間、この「ネズミ人間」達が宮崎を取り囲む。そこで宮崎は幼女が泣くのを止めるため幼女の首を絞め殺害するのだが、自分がやったように思ってない。彼は殺害後、その場から逃げる。翌日現場に戻ると、そこには幼女の遺体があった。

この「ネズミ人間」が一匹でなく複数だったことは、これまで全く着目されていない。でも私はここが最も重要と思うのだ。

なぜ複数か。これは、社会全体から宮崎が感じていた恐怖とともに、彼が受けていた学生時代のいじめにも由来すると私は思った。実際、彼はいじめを受けていた。男子校や女子校、そして共学のことを「人間種類1種類学校」「人間種類2種類学校」と呼んだ彼は、人間の種類が1種類の方がましと思い男子校に進むが、実際のいじめは「余計、遠慮なくやられた」という。彼の求めたビデオのアニメや特撮は、通常の「おたく」と違い、自分が子供だった時代のものに嗜好は限られていた。つまり彼の精神世界は、子供時代にい続けようとしていた。

彼は興味のない大人向けの番組まで、やがて強迫的に苦痛を感じながら録画するようになる。テープに余白をつくらずびっしり録画していた理由は、外側の世界が入ってこないようにするためと答えている。安定の空間を自身の周囲に創り上げようとした。

自分を子供のように扱ってくれる「たかにい」がいなくなり、自分を孫として、つまりいつまでも子供として扱ってくれる祖父が死ぬ。その時、彼の精神世界が、安定の空間が崩れる。補強が必要となると同時に、社会化も求められる。その過程で、子供から中学、高校と進む過程で酷くなっていく「いじめ」までもが蘇《よみがえ》る。彼が両親に突如暴力を振るうようになったのも、両親が襲ってくると感じたからだという。子供時代に戻らなければならない。補強しなければならない。彼の性欲は性器の挿入まで思いがいたらない未発達のものだったが（童貞だった）、それは彼の精神世界が子供時代で止まっていたからで、祖父の死によりそれが未分化のまま強く起動する。子供時代を補強するには他者が必要となる。自分を子供だと思ってくれる他者。幼女と歩いていく背丈の低い自分の姿は、当然のことながら子供時代の彼の姿になる。だが幼女が泣き出す。その瞬間、彼は裏切られ、子供の世界が崩壊する。崩壊の先に待ってるのは「いじめ」だった。「ネズミ人間」達に取り囲まれる。この崩壊を止めなければならない。「ネズミ人間」達にリンチされる。泣き止め、頼むから泣き止め。そして彼は幼女を殺害する。

その後、祖父を蘇らせる儀式などもするが、幼女の服を脱がしている。服を脱がしてる時も、実際に脱がしてる自分の姿をした人間を、実際の彼は斜め後ろから見ている。その人間が何をしてるのかはよく見えなかったと語っている。

裁判過程では、様々な精神鑑定の結果が出ていた。「人格障害」「統合失調症（精神分裂病）」「解離性同一性障害（多重人格）」。鑑定結果は割れた。私は恐らく、彼の症状ははっきりした境界を喪失し、曖昧なところで移動していたから鑑定結果が割れたと推測する。さらにいえば、これは日本の裁判で初めて「解離性同一性障害」が登場した事件であり、当時の日本の精神医学界では、まだこの病理は一般的に（驚くべきことに）認められてなかった。

この事件を語るには様々な角度があるが、私の興味はこの「ネズミ人間」にあった。そして最も知らなければならないのは、「なぜ基本的に大人しい彼が幼女を殺害することができたのか」という疑問だった。

幼女を殺害した時の、彼の人格。それは大人しい彼ではない何かに違いなかった。幼女が泣き出す、「ネズミ人間」達に囲まれる、恐怖を感じる。泣こうとする幼女を「なかったこと」にしなければならない。そこまではわかる。しかし、彼は臆病のはずだった。「ネズミ人間」達に囲まれ、その場で恐怖でうずくまり、失神することもできたはずだった。その間に幼女は逃げる。そういう結末もあったはずだった。なのに、彼は幼女を殺害した。なかなかできることでない。なぜ彼は、幼女を殺害することができたのか。

彼は二〇〇八年に死刑となっている。絞首刑で彼の首に縄が巻かれる時、彼は大人しかったと言われている。彼が幼女を殺害した瞬間の人格は彼の脳の中のどこかに消えており、実際に死刑を受けた時の彼は、つまり何もしなかった、見ていただけの人格だったともいえる。見ていただけの人格の状態で彼は死刑を受けている。社会からの要求であった死刑は、幼女を殺害した時の彼に刑を与えることができず、空白の状態であったただの無気力な男の首に縄をかけたことになる。

一番上の引き出し

4

唐突に全ての手記が終わる。

僕は驚く。なぜここで終わるのだろう。終わる場面ではない。ネズミ人間？　それが一体、この小塚亮大と何の関係があるのだろう。

でも「一番上の引き出し」と書かれた紙が挟まっている。そこに続きが入ってるのだろうか。

机には、確かに三つの引き出しがあった。開けるしかない。一番上を開けたが何もない。二つ目、三つ目と開けて息を飲む。鼓動が速くなっていく。手記と同じような古びた二枚のＡ４の紙と、鍵が入っている。

この簡素なつくりの鍵は、スーツケースに違いなかった。

不意にチャイムが鳴る。心臓に鈍い痛みを感じた。ドアを見る。古びた板のようなドア。いや、このチャイムは、前にも鳴った気がする。もっと遠くで。このチャイムは隣の部屋だ。

誰かが、このコテージの部屋のチャイムを順番に鳴らしているのだろうか。少しずつ、ここに近づいているのかもしれない。こんな山林に誰が来るというのだろう。相手が裏に回れば、窓の明かりでこの部屋が不在でないとばれてしまう。電気を消す。窓の向こうから、暗がりの木々が激しく迫るように思う。

こういう場合、どちらを先にするべきだろう。僕はスーツケースを選ぶ。なぜなら、スーツケースの鍵穴が誘うように見えたから。この手記に似た記述があったのを思い出す。あれはドアだった。**開ければ、自分の人生が急変するかもしれないドア。**鍵を差し込むとピタリと合い、ひねるとロックが解除された。

死体だった。視界が狭くなっていく。分厚い透明なビニール袋に包まれた、胎児のような恰好の大人の死体。女だった。

【手記 4】

なぜ宮崎勤は幼女を殺すことができたのか。さっきのような理論で犯行を平易に分析するだけでは近づけない。今度は完全に奥に入ろう。人間の心理の複雑に、誰とも違う形で私の言葉で分け入ろう。犯罪者の内面の奥、そのさらに奥に。

「たかにい」と祖父の庇護《ひご》を失い、周囲に怯えていた二十五歳の彼の前に、幼女が現れる。その時彼が「この子を盗もう」と思ったのはさっき書いた。状況から判断するに、彼はこれを恐らく「ネズミ人間」達の命令（声）でやったことになるのだが、そうだとするとここで一つの疑問が生まれる。

命令されてする行為は不愉快なことのはず。なぜこの時「ネズミ人間」達は彼の「喜ぶこと」をさせたのだろう。

恐らく、初めに宮崎は幼女を見た時「ネズミ人間」達から強制されることなく「この子を盗もう」と思ったはずだった。しかしさすがにそれをすれば自分が社会的存在から逸脱するのは彼にもわかった。「この子を盗む」自分を思った時、彼は不安にかられる。この不安が反射的に、その内容を越えただ不安として、「ネズミ人間」達を呼び起こしたのではないだろうか。
「ネズミ人間」達は命令する存在。その時の彼の思考の方向性は「この子を盗む」だった。その彼の思考に乗る形で「ネズミ人間」達は彼に命令したのではないか。それは結果的に、宮崎自身が「ネズミ人間」達を利用した、ということになる。臆病な自分がそんな大それたことをするには、誰かから「命令」されなければならない。恐らく彼はいじめによる命令において、自分ではとてもできないことを多々やらされてきたのではないか。でも恐怖からその命令に従い、恐らくやった。命令されれば、たとえば他人の前で服を脱ぐことも万引きするなどもできたのではないか。彼の無意識の領域でそれがパターン化され、彼は幼女に声をかけ連れ出すという大それたことを、「命令」を受ける思考回路を使いやってのけたのではないだろうか。

しかし本人は怯え難しい。だから意識が遊離し、自分は背後から子供の自分と幼女についていく視界となる。「他人事」の態度が彼には常にあったが、いじめなどをやり過ごす時や、生きることが辛くなった時、それを「他人事」のように感じなければならないことが多々あり、それも彼の意識に致命的なパターンとして構築されていただろう。周囲に人がいなくなり、昔遊んだことのある幸福の場にたどり着く。この時供述から判断するに、彼は恐らく背後の自分から幼女の側にいる自分に戻った。「この子を盗む」瞬間のハードルを越え、周囲の目の心配がなくなれば、臆病な彼でもそれを他人事にする必要がなくなるからだ。
そして幼女が泣く。彼は裏切られたと思う。ここで彼は「ネズミ人間」達に囲まれる。それは前に書いたように子供時代の崩壊がもたらしたものだが、同時に、子供が泣く、つまり自分が受け入れられない恐怖、傷つく恐怖、泣き声を攻撃ととらえる恐怖を感じる。恐怖と「ネズミ人間」達は繋がっている。出現した「ネズミ人間」達をどこかにやるには、まずこの恐怖と不安の状況をなんとかしなければならない。幼女を、黙らせなければならない。そこまではわかる。でもなぜ彼はそこで幼女を殺害することができたのか。ここに宮崎が抱えていたいくつかの問題が関わってくる。

彼は小学生の時、ペットの小鳥に突然憎しみを覚え殺し、埋めてから気の毒になり、泣きながら撫でたことがある。虫は前世のせいで人間に生まれることができなかったから、助けたい思いで殺したことがあったというが、恐らく自身の手の障害をそこに重ねていた。彼が感じた「憎しみ」は自分を蔑《ないがし》ろにする社会と自分自身に対してのもので、それを虫だけでなく小鳥にも投影した。自分が生まれ変わる願望を代替する、ある意味での疑似自殺のように。

そして祖父が死んだ時、彼はそれを拒否したい思いが強くなり、祖父の復活を妄想するほど「生死の境界」が曖昧となっていた。

さらに、宮崎は幼女を殺害せず写真だけ撮り、抵抗され逃げ出したケースもある。彼が殺したのは、実は幼女と「他者の存在を全く気にしないでいられるほど」二人きりになった時だけだった。宮崎は幼女と二人きりの時、彼の言葉だがそこに「相手性」を感じなかったという。つまり、幼女が他者（相手。宮崎にとって、相手とは自分を傷つける存在となる）とは思えないほど一体化していた。それが破られる（幼女が拒否、泣く）時、つまり幼女に「相手性」が出現した時、宮崎は恐ろしいほどの怒りを覚えた。なぜこの一体化を破るのかと。

その怒りは、子供時代に戻っていた彼の中から出てきた突発的な人格、恐らくまだ明確に分離してはいないが、たとえば膝から上だけが遊離しているような、子供のように理性の乏しい一瞬の強烈な人格だったのではないか。その「分離」のため彼の助けになったものがある。殺そうとしているのは自分ではないという「他人事」の感覚と、こうしないと「ネズミ人間」達にリンチされるという恐怖。彼は自分の恐怖を、殺害する勇気に利用したことになる。やらないと、自分がやられると思うことによって。同時に、祖父を襲った「死」という現象に、彼は異常な関心を常に見せていた。自分から大切なものを剝奪《はくだつ》した

「死」というもの。自分は剝ぎ取られる側だった。でも行為者になれば？　自分が「死」を使える行為者になれるとしたら？　それは死をコントロールする存在に近づくのでは？　死が前より怖いものと思わなくなるのでは？　幼女を祖父の世界に捧げる、という考えがあったとされているが、実際にやることで、生死の通路のようなものが身近になり広げられると思った可能性もある。殺す、という残虐行為のハードルは捧げるなどの言葉で低くなる。そしてさらに、幼女から「相手性」を消したかったのではないか。「相手性（他者、そして社会）」は常に、彼にとって恐ろしく憎いものだったから。

恐らくこういった全てが瞬間的に、多少前後しながらほぼ同時に起こり、彼は「他人事」という態度と「ネズミ人間の恐怖に急きたてられる」ことを利用して、しかしあくまでも自分は「被害者」として遊離し、別人格のようなものを出現させ幼女の首を絞めた。そこには祖父が祖母に、父が母に振るう暴力を見ていた経験と、自分が受けた暴力の経験もあった。彼は普通の人間より暴力のそばにいた。それは学習となり、自分にあのようなことができる「暴力」というものが存在するのなら、自分もできるに違いないと彼の無意識を励ますことになったのではないだろうか。幼女を物体として所有／撮影できると思ったのは恐らく殺害後のことだ。

彼は首を絞めた犯行の瞬間を、自分のこととして覚えていない。全てが夢のようだったとし、翌日彼は現場に戻る。死体を隠す細工もしてなかったため死体はそこにあった。以後彼は捕まるまで三度繰り返す。第一の目的は「今度こそ」と子供の世界を幼女と構築することだったろうが、もしそれが無理でも、殺害してまた「所有」できると思っていたはずだ。幼女が泣き「ネズミ人間」達に囲まれる精神の「激しい」サイクルそのものが、彼の内部で固着し反復を欲した可能性もある。激しい場は人に反復を求める。本来恐怖や痛みを軽減するため脳内に分泌される内因性オピオイドが、快楽を感じるほど放出され中毒に似た状態を引き起こすケースがある。危機を脱した時の快楽までも含まれるケースがある。

　彼はしかし、現実的に生きた幼女達を所有していない。映像の世界に浸っていた彼にとって現実は映像の方が親しかった。だから死体を撮影し、撮影したものを所有した。幼女の服を脱がしそれを見るのは臆病な彼にできないから、その瞬間は背後に遊離した。しかし撮影したものであれば彼にも持つことができた。それは他人事として観れるし「相手性」がないから――。そこで彼の未分化の性が未分化のまま起動する。当然のことながら、性も反復を求める。その行為の全体には、彼の強迫的な「収集癖」もかなり大きく関わっている。大人しい人間でも、社会・他者から攻撃を受ければ――この例で言えば「ネズミ人間」達を体内に入れれば――犯罪者になることができる。彼は境界を越える時、ある意味で「ネズミ人間」達に進んで身を任せたということになる。

当然のことながら、この「ネズミ人間」達が逮捕され異常な環境に置かれた彼の「妄想追想」である可能性はある。拘禁《こうきん》という精神状態の中で、彼がそれを事後に作り出した可能性。しかしそうであっても、当時自分でも「よくわからなかった」行為に、彼が後からそれを、子供らしい登場人物（ネズミ人間）で表現した結果だった。言語化できなかったことを、彼が後に「ネズミ人間」達を使い物語として説明した結果だった。「ネズミ人間」達には、繰り返すが、その内部に世間全体の視線、社会が内包する恐ろしさも入り交ざっていたと思われる。

逮捕後、彼はいじめを語るが、そのいじめを調査、分析した者は誰もおらず、全く掘り下げられていない。でも私はここに事件の隠れた核があり、彼に加えられたいじめの中に、性に関する何かがあったと思っている。そうすれば、これまで謎とされてきた彼の動機の根源の全てに辻褄が合ってしまう。

彼は解離性同一性障害（多重人格）の一歩手前の状態で犯行を犯し、逮捕前後でその領域に徐々に入り、やがて犯行を否認する形で、無意識的に自分を守るため幼児化したと私は判断している（発言がどんどんおかしくなっていく）。彼は童貞であるだけでなく、知能は正常であるのに性器の皮を剝いたこともなく、幼女の遺体にも、彼の部屋からも精液反応がなかった。これほどまでの、性（見る、さわる性ではなく、挿入・射精の性）との遊離。マスターベーションの経験があったという供述記録もあるが、射精したとは言っていない。彼の性的な想像は、小さい頃、鉄棒にまたがって気持ちよかった自分の姿を想像するというものだった。そこに他者はない。解離性同一性障害の原因の一つに性被害がある。さきほどの「怒りの人格」に着目するならば、解離性同一性障害の人間は、「怒り」の感情を別の人格（怒りそのもののような人格）に譲ってるケースが多いとされている。彼に性的な被害や嫌がらせを受けた経験があった可能性がとても高いと私は思っている。彼にいじめを行った者達は、今どのように暮らしているだろう。実際は些細なものだったいじめが、被害妄想的な彼の脳内で肥大化した可能性も高い。たとえば性器を蹴られた行為が、性器を笑われた行為が、彼の中で肥大化し――。

そして彼は死刑になった。自分がやった本当の実感は何もないままに。

これを読んでいる人間がいる……。どんな気持ちで読んでいるんだろう？　それはとてもありがたいことだ。でも、もう遅いかもしれないが、きみは……、**きみは逃げた方がいい。**

5

また唐突に手記が終わる。

宮崎勤？　ネズミ人間？　そんなことはどうでもいい。僕が知りたいのはそんなことじゃない。なぜこのスーツケースの死体が女なのかということだ。

きみは逃げた方がいい。どういうことだろう？　こいつは犯罪者の事例を集めてるのか？　なぜ？　何のために？　僕は、今、どうすれば――。

チャイムが鳴る。鼓動が痛いほど速くなっていく。このチャイムは、明確にこの部屋のものだった。僕はスーツケースの女の死体を見、またドアに目を向ける。

音を立てずスーツケースを閉めた。引きずりベッドの下に隠す。ドアには鍵。このままじっとしていた方がいい。だが僕は、何も考えられなくなる。ドアのノブがガタガタ動き、何かが差し込まれ鍵が外れていく。心臓に痛みが走る。逃げなければならないのに、僕は立ったまま動くことができない。窓の外からも木々が入り込んで来るように思う。ドアが開いていく。

外灯のぼやけた光が暗がりの部屋に入る。男だった。両肩が濡《ぬ》れ、無表情に僕に視線を向けている。

数秒が過ぎ、数分が過ぎたようにも思えた。喉が渇いていく。

「……何ですか」

僕はそう聞く。そう言うことしかできなかった。男は無表情のまま、まだ僕に視線を向け続けている。黒いジャンパーを着、四十代くらいに見える。男が口を開いた。

「……気分は」

「何がです?」

「いや、いい。……駄目だ。早く出ましょう。急いだ方がいい」

男が傘を差し出す。疲労したビニール傘。僕はベッドの下のスーツケースを思う。あれを残していくことはできない。

「いや、僕は……」

「いずれにしろここでは話せない。えっと、……盗聴器があるから」

「え?」

男が自分の唇に指を当てる。細い指。

「ひとまず。早く」

僕は傘を開き、男の背を見ながら歩く。高価そうだが、洗車をしていない白の車。

「中で話しましょう。ここから離れます」

後部座席のドアが開く。僕が乗ると、男は運転席に座った。シートベルトを締めるとなぜかきつかった。締め直そうとしたが外れない。

「……雨の中、格闘したくないですからね」

男が前を向いたまま言う。

「は？」

「小塚亮大さん。……とにかく行きましょう」

僕は息を吐く。そんな馬鹿なことはない。

「何を言ってるんです。違いますよ。……わかりました。一から説明します」

「……どうせあれでしょう。自分は小塚じゃないとまた言うんでしょう。あなたも本当にしつこいですね」

こんなことに付き合ってられない。しかしベルトは外れない。身動きが取れない。

「違いますよ。僕は小塚じゃない。……面倒ですが説明します。僕は身分を」

「……身分？」

「そう。身分を変えました。小塚亮大と入れ替わったんです」

「入れ替わった。どんな風に？」

「だから、僕は新しい身分を必要として、彼の身分を手に入れて……」

「身分を手に入れた？……すごいな」

僕はシートベルトを外そうとする。

「違うんです。あなたの言いたいことはわかる。でもあの部屋には、あなた達が探してる小塚の手記があります」

「ええ」車が動いていく。「あなたが書いたね」

僕はまた息を吐く。こんな馬鹿なことに付き合っていられない。男は芝居がかってるように見える。

「違いますよ。とにかく一から説明します。……いいから降ろしてくれ」

僕は男の運転席を後ろから蹴る。

「僕が大人しくこうしてるとでも？　ふざけるのもいい加減にした方がいい」

「……手紙があります。どうせこれも、あなたが私達に向けて送ってきたものでしょうけど。読みますか？」

「……手紙？」

「あなたはこれも自分じゃないと言うんでしょう？　でもね、あなたはもう逃げられないんです」

【手紙】


まず初めに、お詫びしなければいけない。

きみは今、小塚亮大の身代わりに、男に連れられている最中だと思う。彼らはきみを小塚と決めつけてるだろう。きみが妄想狂で、自分は小塚なのにそうじゃないと言い続けてるように。

でも映画や漫画なら通用するかもしれないが、現実はそうはいかない。そもそもきみはきっと顔が違うし、整形手術でそこまで顔が変わらないことくらいわかるはずだ。安心して欲しい。きみへの誤解は病院で解ける。病院には彼のDNAの記録も保管されている。きみのと一致するわけがない。だからひとまず、ここは従って欲しい。きみを迎えに来た男性を煩《わずら》わせないように。

ならなぜこんなことをさせるのか。疑問に思うだろう。**でもこれは、ある長い物語の一部なんだ。**安心していればいい。きみはしばらく入院するだけですぐ出られる。DNA鑑定の結果が出るまでの一週間だけ、小塚の代わりにそこにいてくれればいい。

6

外灯の少ない山道を抜けると、古びた病院が遠くに見えた。二階建てのようだが、それほど大きなものでなく、暗がりでよく見えない。

ここから街はもう遠い。病院側から見下ろせば街の光は見えるかもしれないが、街からこの病院を見るのは難しいように思えた。建物が消えても街は気づかない。木々が揺れている。ここにある不吉をまた僕に知らせるように。

浮き出すような灰色のコンクリートの壁が、酷く傷んで見えた。裏口だろうか、指紋の目立つガラスドアから病院に入った。頭痛がする。男に連れられ、狭い廊下を歩く。簡素な照明、やたら厚みを感じるドア、外の雨のせいか目に入る全てが湿って見える。壁や廊下から伝わる冷気が、靴音をより響かせるように感じた。

「……どこに行くんです」

「医師のところに」

突き当りに白いドアがある。やたらドアばかり見るように思えたが、小塚の手記を読んだ影響だった。男がドアを開け立ち止まり、自分は入らず僕だけを通す。狭い部屋。奇妙な絵と、痩せて朽ちたようなデスクランプ。机を挟み、こちらを見る別の男と二人きりになる。その医師はグレーのシャツに、白衣を羽織っている。

「……かけてください」

医師が言う。何かの流れ作業のように。

「あの」僕は立ったまま、短く息を吸う。「僕は小塚亮大ではありません」

「……かけてください」

僕は椅子に座る。固い椅子。

「……つまり、自分のことを、自分とは思えない」

僕は医師を茫然と見る。こんなことに付き合っていられない。

「違う。いや……、ＤＮＡ鑑定をしてください」

「……ＤＮＡ鑑定」

医師がこちらを興味深そうに眺める。僕は当然のことを言ってるはずなのに、自分の言葉が滑稽に響く。

「この病院にはね」医師が気だるく言う。「自分は病気じゃないと言い続ける患者がたくさんいます。……自分は別の人間だと言う患者も」

「違います。僕は」

「今はもう夜で静かですが、朝になればそういった叫びがこの小さな病院内に響き続けることになる。『俺をここから出せ』『政府の陰謀だ』……私はもう、この静けさが騒ぎへの待機のようで、その予感でこの静けさまでうるさく感じるほどです」

「何を言ってる。僕はそうじゃない」

「それなら……」

医師が真っ直ぐ僕を見て言う。

「あなたは誰です?」

「え?」

「あなたは誰かと聞いています」

医師が僕を見続ける。頭が痛くなる。

「僕は、ええ、僕は」

「ええ」

「**僕の名前は**」

「**……待ってください**」

「……え?」

「待ってください。……吐き気がする」

医師が顔をしかめる。意味がわからない。医師が立ち上がる。

「……薬を処方しましょう。あなたは、自己が……」

「そうじゃない」

「自己が乖離して、自分には別の人生があると」

「違う」

医師が不意に笑みを浮かべる。右目の横の皮膚を、人差し指で軽く掻いた。

「あなたが小塚じゃないことくらい知ってますよ」

部屋が、さらに静かになっていくように感じた。

「……何が？」

「車の中で渡された手紙は、僕が書きました。ああいう風に書けばあなたは抵抗することなく来ると思ったし、興味も惹かれると思ったから。それに半分は事実でもある。……あなたに、見せたいものが」

短い廊下に出、すぐ右にあったドアを開け僕を通す。簡素な部屋。机の椅子に、若い男が足を組んで座っている。酷く真剣な、不機嫌な様子で、どこかをじっと見ている。

「……見ていてください」

医師が羽織った白衣のポケットから、一枚の紙を出し潰すように丸める。部屋の男はまだ、不機嫌そうにどこかを見つめたままだ。三十代くらいだろうか。僕達が入って来たことにすら反応していない。医師がその丸めた紙屑を床に投げる。男はまだ反応しないが、やがて視線が揺れ始める。その様子は、まるで紙屑を見ないように努力してるように見える。男の視線がさらに揺れ、紙屑を見、目を逸らし、やがてまた紙屑を見た。男は歯を食いしばるように立ち上がりかけ、何とかもう一度座ろうとし、でも立ち上がった。そして紙屑を拾う。拾った瞬間、その男は酷く安堵したように見える。その紙屑を机の上に置き、また不機嫌な様子でどこかをじっと見始める。

「……あれが小塚です」

「……え?」

鼓動が速くなっていく。

「彼は紙屑を拾わずにいられない」

「ここに小塚がいる。なら、僕はなぜここに」

「もう一つあなたに見せたいものが」

男が今度は別の部屋を見せる。僕は息を飲む。また何かがせり上がって来る。

「そんな……」

7

僕のことを語る。

山林のコテージに行き、そこから男に連れられこの病院に着く前の僕のことを。僕は心療内科の医師だった。


あの日のことから、始めた方がいいように思う。ゆかりが初めに来院した日。台風の接近という予報通り、外はその予感に満ち、強い風が吹き始めていた。予約も二件キャンセルされ、誰もいない診療所に彼女は一人で来た。白い肌の、背の高い女性だった。彼女を見た時、僕は何か胸騒ぎを覚えただろうか。美しい、と思っていた気がする。前に通っていたクリニックが閉まることになり、ここに来たのだと言う。でも彼女は、紹介状も何ももってなかった。

「夜、眠れないのです。食欲もない。また始まった、と思いました。……台風のせいかもしれない」

僕はうなずく。診察の前の問診票の通りだった。でも僕はもう一度聞く。

「……以前処方されていたお薬は？」

「ソラナックス、トレドミン、パキシル……」

淀《よど》みなく答える。すでに薬に詳しくなっている来院者。パニック障害や鬱病。よくある症状だった。

「いつ頃からですか」

「……言わなければいけないでしょうか」

「できる範囲で」

「二年前です。……失恋をして」

嘘だと思った。しかし、無理に相手から聞き出すわけにいかない。

僕は熱心な医師でなかった。始めた頃は、もっと来院者の言葉に耳を傾けた。でも彼らの様々な言葉や、人生が、自分の中に入って来るようで、いつ頃からか、極端に言えばただ薬を出すだけの医師になっていた。来院者との間に、薄いベールを張るように。

「同じお薬を処方します。ひとまず一週間分を」

そう言った時、彼女が大きな目で僕をじっと見ているのに気づいた。チックのために、瞬きを何度もしながら。その目が潤んでいた。

僕は、医者を辞めるきっかけを探していたのだろうか。今となってはわからない。

彼女が椅子から立ち、ドアに消えようとする時、呼び止めた。自分でも、なぜ呼び止めたのかわからないまま。

「あの……」

僕は無理に言葉を続けた。

「そのお薬で、……自分が改善されてる感覚はありますか。現状維持でなく、改善に」

奇妙な質問。少なくとも、帰りがけの患者にする質問ではない。

「……改善される感じはないです。でも、お薬がないと」

「ええ」

「台風が。……怖いんです。台風は、大きいから。大きい何かの中に、入ってしまうような感じがするから。……部屋からも出られなくなるから」

「……不安になったら、お薬を飲んでください」

自分の言葉を、なぜか冷たく感じた。あらゆる来院者に言っている言葉なのに。

次に彼女が来た時、僕は薬の効果について尋ねた。よく効かないと彼女は言った。

「……もう少し強いお薬を処方しますか」

そう言ったが、彼女はまた瞬《まばた》きをしながら、僕をじっと見つめた。

外では雨が降っていた。彼女が、短いスカートをはいてるのに気づく。いや、もっと前から気づいていてただろうか。目を逸らそうとした僕の視線が、彼女の身体の方へ流れた。また視線を顔に戻した時、彼女が微笑んでるのに気づく。思わず私の身体を見てしまったのですかという風に。私が欲しくなったのですかという風に。

「……先生」

「はい」

「先生に、私の全てを知ってもらいたいのです」

彼女はそう言い、なおも僕の目をじっと見た。

「私の内面に入れますか」

「……え?」

「先生に私を委《ゆだ》ねたいのです」

「つまり……」僕は彼女の身体を見ないように続ける。

「精神分析を?」

彼女がうなずく。精神分析の臨床を、ほとんどしたことがない。医大にいた頃少し行っただけだ。薬で症状を軽くするのではなく、無意識下に抑圧された患者の内面の問題を患者に自覚させ、病の根本原因を自覚させ、治療する方法。

「……いつです」

「今」

予約は彼女が最後だった。彼女は始めから、それを見越していたのかもしれない。

僕はまるで何度もそれをしたことがあるように、彼女をソファに座らせた。自分はその背後に回る。ウォーターサーバーで水を飲み、頭の中でやるべきことを整理する。彼女に気づかれないように、大きく息を吸った。

「……二年前、あなたは失恋したと言いました。……その頃のことを、思ったまま仰ってください。……初めは軽くでいい」

「……事実だけを？」

「いいえ。……思ったことを、自由に」

その頃の、彼女が語ったテープがある。全てを合わせた概要はこのようなものだった。


付き合っていた彼氏は、どちらかといえば好きではあったけど、特別な想いはなく、別れたことがそこまで辛かったわけでない。でも別れた後、不眠や食欲不振、無気力といった症状が続き、些細なことで恐怖を感じるようになった。特に出口のない場所は――たとえば走行中の電車、地下二階以下の場所――耐えられなかった。取り乱し、ここから出してくれと言う自分の姿がちらついた。別れた原因はセックスだった。彼氏とセックスをするのが嫌になり、することを想像するだけで涙が出た。

思い当たる節はあるか、と僕が聞くと、彼女はいつも黙り込んだ。頭が痛いと言う。何だかぼやけていて、と続けるのが常だった。そして奇妙なことに気づく。彼女の記憶は、断片的なのだった。

たとえば、彼女は小学五年から中学二年までの記憶が、酷く曖昧《あいまい》だった。現在三十二歳だったが、それまでの所々も。土に空いた穴にプラスティックを埋めてくみたい。彼女はそう奇妙なことを言う。

僕は彼女の治療にのめり込んでいった。彼女のことが、もうその頃から好きだったのだろうか。特に精神分析では、精神科の医師と患者が恋愛に陥るケースは多い。わかりやすい事例を言えば、父親の愛情に満たされなかった患者は、治療の過程で医師を父と見て、その愛情を獲得しようとする。患者は自分の人生において、様々に重要だった存在を医師に投影するのだった。医師も応えようとし、患者から生まれたその構図の中に入り込んでしまう。医師は注意しながら、患者と距離を取らなければならない。だが高名な精神科医ユングのように——彼は多くの患者と肉体関係を持ってしまった——それに陥る者もいた。

これは恋愛なのか、こういったケースで見られる医学的現象なのか。では恋愛でないとすれば、本当の恋愛というものが存在するのか。僕にはもうわからなくなっていた。

僕は彼女に催眠をほどこした。彼女を催眠状態に置き、隠れている記憶を呼び起こす。最近の医療ではほとんどなされないが、フロイトも初期は催眠を多用していた。その患者の隠れている部分を呼び起こし、それを意識化させ、対処する。根本に迫る方法。

しかし、彼女の場合上手くいかなかった。催眠は、人の四分の一がかかりやすく、四分の一がかかり難いと言われている。彼女はかかりやすい方だった。だが、催眠によって彼女の中からほとんど何も出てこないのだった。彼女が見たとは考えにくい、古いテレビドラマの様子を語ることもあった。

でもある日、奇妙なことが起きた。

僕はいつものように彼女に催眠をほどこした。映画であるようにコインを紐にくくりつけて見せることはしない。リラックスさせ、時には軽い薬を使い、自我の抵抗の働きを緩くした状態で、質問していく。彼女が突然低い声を上げた。

「やめて……お願いします」

始め、彼女の意識が戻ろうとしていると思った。目覚めかけた意識が、僕に催眠を止めさせようと。でも違った。

「いや、……やめて、やめてください」

彼女が叫ぶ。自らの手で、ボタンに構わずブラウスを裂こうとする。その日も短かった彼女のスカートが乱れる。息が荒くなっていく。

「違うの、違う……、いや、私は、……あ、ああ、……吉見先生」

吉見とは、彼女が前に通っていたクリニックの医師だった。

「ダメ、ああ、いや……」

吉見という医師が、彼女を襲っている。しかし、これはおかしかった。吉見のクリニックに彼女が通っていたのは最近で、そんな最近の記憶が、このように都合よく意識下に抑圧されるのは考えにくい。僕は彼女の催眠を解こうとする。でも解けない。彼女はずっと、吉見に襲われている彼女でい続けようとする。

「違うんだ。……それは違う」

思わず、そう言っていた。頭に浮かんだのは、ジャネが行った精神分析だった。

ジャネはフロイトと同じユングの前の世代に属する精神科医だった。ジャネは患者に催眠をかけ、患者の抑圧された出来事を探し出し、それを違う記憶にすり替えることに成功した医師だった。患者の症状はそのことによって改善された。フロイト達もその手法を行った。ではなぜフロイト達はこの手法を放棄し、その後催眠が精神分析に採用されなくなったのか。それは、患者の改善が一時期しか続かないことが多かったからだった。人間の脳は医師にとって都合のいいものでなく、すり替えられた記憶は、やがて戻ってしまう。消すことに成功したはずの記憶は、ゆらゆらと患者の中に戻ってきてしまうのだ。

でも僕は、思わず彼女に言っていた。彼女の意識は元に戻ろうとする寸前にまで浮上していた。

「それは吉見じゃない。きみはそんな体験はしていない」

「いや、いや」

「それは僕だ」

自分が何を言ってるのか、わからなかった。

「それは僕だよ。……それに僕は、きみを襲ってなんかいない」

彼女が不明瞭な声を上げる。

「優しく、きみを抱いている。診療室で。きみも声を上げている。僕の首に両腕を回して、僕達はキスを……」

やがて彼女は、そのまま眠ってしまった。目が醒めた時、彼女は僕をじっと見つめた。

「夢を見ていたみたい」と彼女は言った。私が、先生と。

僕は彼女を抱いた。彼女はまるで、僕が催眠中に囁いたことを再現するかのように、僕の首に両腕をきつく回した。

その後、しかしまた奇妙なことが起きるのだった。催眠によって僕が誤魔化した吉見との行為が、彼女の中で消えていた。やがて抑圧された記憶は戻り、彼女をまた苦しめるはずなのに。こんなに上手くいくはずがない。僕にそれほど催眠の才能などないはずなのに。

何かがあるに違いなかった。僕はクリニックを閉めた吉見の居場所を突き止めることになる。

8

吉見は都内の高層マンションに住んでいた。

僕が訪ねると、彼は丸いテーブルを挟んだ背もたれのある椅子に座り、着席を促した。もう引退したはずなのに、患者を迎えるように。

驚いたのは、彼が高齢だったことだ。短く揃えられた白髪はまだ豊かだったが、顔が深い皺《しわ》に覆われていた。円柱の照明が広い部屋の四隅にあり、巨大な赤い抽象画が壁にかけられている。高価な絨毯《じゅうたん》は深く、分厚い防音の窓に遮断された列車の音が、遠くに微かに聞こえた。

「……ゆかりさんのことで」

「んん」

吉見はワインを飲んでいる。勧められたが断った。

「あなたは彼女に何をしたのです」

前置きもなく、そう聞いた。でも吉見は動揺する素振りがない。僕の顔を不思議そうに見ていた。珍しい患者でも現れたように。

「せっかちだな。……しかも顔が深刻ときてる。ついていけない」

声は掠《かす》れていたが、なぜかよく聞こえた。

「逆に聞くが、きみは彼女に何を？」

「催眠をしました。そうしたら、あなたと彼女の情景が」

吉見がゆっくり笑みを浮かべる。顔中の皺で、ヒクヒク喜びを表すように。

「それで私に嫉妬を？」

「は？」

「嫉妬したんだろう。私に」

僕は驚いたまま吉見を見た。でも彼は笑みを浮かべ続けている。皺がいきいきと顔の上を這っていく。

「それだけじゃない。彼女の記憶は所々抜け落ちてる。あなたは彼女に何を」

「……驚いたな」吉見が笑みのまま息を吐く。

「きみは本当に精神科医か？」

部屋は音が吸収されていくような静寂に包まれている。身体が冷えてくる。冷房が効き過ぎているが、高齢の彼は感じていないのかもしれない。

「彼女の過去に耐えられるか？」

「……え？」

「うーん、耐えられそうだな。……つまらない。まあいい。教えよう」

吉見が息を吸う。唇をほとんど閉じたまま、歯の隙間から必要な分だけ吸うように。

「彼女は養父に無理やり性的な関係を持たされた。そして家出をし、男の元を転々としやがて売春するようになった。管理された売春じゃない。精神科も転々としていた。売春をやめ安定する時期と、そうでない時期をずっと繰り返している。私の元に来た時、彼女は限界だった。五度の自殺未遂」

遠くで、列車の音が微かに聞こえ、遠ざかっていく。

「重度の鬱病だよ。彼女の場合、治せる前に自殺するだろうと思った。だから私はＥＣＴをやった」

ＥＣＴ。重度の鬱病などの治療で許可されている、脳に電流を与える行為。てんかんの患者が発作後に気分が改善することから発見され、てんかんと似た症状、つまり脳に電流を与え鬱病などを軽減させる。現在は麻酔を使うから恐怖はない。しかし――。

「わかるだろう。彼女の若干の記憶障害はそのためだ。ＥＣＴの典型的な副作用。そんなことにも気づかなかったか？　だがその副作用もいずれ治る。時間が経てば徐々に記憶は回復する。まあ、彼女の場合過剰にやったから抜け落ちるかもしれないが」

「なら、なぜあなたはそんなゆかりにあのようなことを？」

「ははは」

吉見が笑い出す。入れ歯とは思えない生々しい歯が、見事なまで整然と並んでいる。鮮やかな桃色の歯茎も。

「ちょっと嫉妬したんだよ。彼女を抱いた男達に。なぜ他の男達は彼女を抱き、私は抱けないんだとね。もう私は高齢だ。抱くことはできない。なので、んん、なので」

吉見が僕に顔を近づける。瞼が痙攣している。

「精神科医ならもうわかるな？　彼女の抜けた記憶に、私と性行為をした嘘を催眠で入れようとしたんだ。私の欲望の塊を。……私は、私を彼女の中に入れた」

茫然と吉見を見る。

「狂ってる」

「おいおい、何だそのつまらない反応は。でもまあ、仮にそうだとして、この歳の私が狂ったとしてそれがなんだ？　そうか、彼女は苦しんでたか。**ははははは！　それは素晴らしい。私に記憶の中で何度も抱かれてるなんて**」

僕に人を殴る習慣があれば、そうしていただろう。代わりに息を深く吸った。

「あなたの記憶は僕が消しました」

「んん。だろうね。そんな催眠の記憶など長続きしない。夢の記憶のようなものだ。……もしや」

吉見の目が見開かれていく。痩せているから、目が酷く大きい。

「きみもやったんじゃないか？　そうだろう？　きみは医師という立場を使い彼女と恋愛関係にある」

この部屋は冷え過ぎているが、やはり彼は感じていない。

「そんなきみに私を裁けるか？」

吉見と目が合う。先に逸らしたのは僕だった。

「僕はゆかりを治します。彼女の埋もれていた記憶を……」

「おいおい。きみはとんだ甘ちゃんだな。彼女が抑圧してる記憶を全部細部まで呼び起こしたら、彼女はこの人生に耐えることはできない。……忘却させることだ」

吉見が椅子から立ち上がる。

「また来るといい。この快適な部屋に」

そう言ってまた僕に微かな笑みを向けた。

「この金持ちの墓場に」

僕とゆかりの生活は、しかし平穏に続いた。

吉見の言う、彼女の安定した時期ということだろうか。彼女はやがて、僕の部屋にずっといるようになった。僕とのセックスに、嫌がる素振りは見せなかった。僕達は優しくキスをし合い、僕の下で彼女は、微笑みながら小さく喘《あえ》いだ。こうしていることが、嬉しくて仕方ないというように。僕の全てを包むように。

彼女は季節でもないのにこたつの中にいるのが好きで、よくご飯を食べた後そのまま眠ってしまった。出会った頃はやや挑発的だったのに、一緒にいるようになってからは無邪気さが目立った。こたつの温かさで思わず眠りに落ちた彼女の顔を――眠っているために、チックの瞬きからも解放された彼女の顔を――見ながら、これまでに経験したことのない温度が、自分の中に広がるのを感じた。汗で風邪引くよ、と僕が起こしても、彼女はなかなか起きなかった。僕までこたつの中にいさせようとするかのように、僕の腕をつかみ、微笑みながらまた眠ろうとした。

でも疑念が浮かんだ。彼女は、本当に僕のことが好きなのだろうか？　僕のあの催眠がきっかけで、こうなってるのでは？　いや、そもそも、これは医師と患者の転移現象であるから、本当は彼女は僕のことが好きでないのでは？　これは洗脳でないのだろうか。でもこれが恋愛でないなら、本当の恋愛とは何だろう？

「焦げちゃった」

「料理なら俺がやるよ」

「そして焦げた部分を取ったらこんなに小さくなって」

「だから料理は俺がやるって」

いつも一緒にいるのに、彼女を盗み見る自分に気づく。厳密に考えてはいけない。そうは思っても、彼女の脳、いや、人間の脳の仕組そのものに、違和感を覚える自分を止めることができなくなった。人間とは一体何だろう？　そう思う自分を止めることが。

「あ、ここも焦げてるから、もっと小さくなるね……」

そして彼女がいなくなった。

9

食べかけのサンドウィッチが皿に残されていたが、部屋が荒れた形跡はなく、鍵もかけられていた。携帯電話の電源が切られている。胸が騒いだ。

彼女の住んでいたアパートに行ったが姿がない。でも僕は、彼女が何かの事件に巻き込まれたとは考えなかった。こうなることを、どこか予想していたのかもしれない。彼女が僕のクリニックに来る前、働いていたいくつかの風俗店の名を治療の中で聞いていた。その寮の場所も。それらを当たったがいない。彼女が時々、何の脈絡もなく見せていた怯えた表情が目の前にちらついた。さらに地方へ向かう。新幹線に乗り、目的の場に着くとコンビニ袋を持った彼女がいた。寮ではあるが、見かけは普通の古びたアパートと変わりない建物。その狭い階段の途中で。

彼女と目が合い、長い時間が経ったような気がした。彼女に驚く様子はなかった。僕がいつか来ると予想していたように。

「本当は駄目なの」彼女が言った。

「私にはこの場所が馴染む。眩《まぶ》しい場所はつらい」

彼女を抱き締める。手首に包帯が雑に巻かれていた。

彼女の記憶が、戻り始めていたのだった。正確に欠落していたわけではなく、ただぼんやり遠くなっていた情景が、生々しく生気を帯び始め、再び彼女の精神を侵食するようになっていた。義父が初めてのしかかってきた記憶。その酒の臭いと激痛。自分には価値がないと思い込んだ記憶。風俗店の寮の窓から見た綺麗な街の記憶。自分を弾くその綺麗な街の記憶。客の部屋に行くと大勢の男達が待っていた記憶。そのうちの一人のきつかった体の臭い。客の相手をしていた時、気がつくと別の男が部屋にいた記憶。近づいてくるカメラのレンズ。母の自殺。首を吊り真っ直ぐ身体が伸びた母親の記憶。糞尿の臭い。遺書にあった自分への呪詛《じゅそ》の言葉。信じられないことに、彼女の母は彼女への懺悔《ざんげ》で死んだのでなく、彼女に男を取られたと思い込み泥酔の中で死んだ。実の父。覚醒剤中毒の痩せた父。高校生になった彼女に会いに来た父。あきらかに正常でない眼をしながら、これが正真正銘最後の薬と言っていた父。「ほら見てくれ」その父が嬉しそうに言う。「お前を愛してる。その証拠にお前の名をタトゥーで入れた」。生活費も何も入れない口だけの父。みっともないほど擦り切れたコートの、歯がわずかしかない父。彼女が中学の時、薬でおかしくなった状態で彼女と妻をそれぞれ六度殴った父。

「……心配ないよ」僕は言った。

「全然心配ない」

僕の部屋で、彼女に催眠をかけた。

「それは本当にあったことじゃない」

僕は催眠中の彼女にそう語り続けた。

「きみは義父に襲われてなんかいない。そんな出来事はなかった。それは、義父がもしそんなことをしたら、という恐れから来た夢に過ぎない。実際の義父は、無気力にただ君達のアパートで寝ていただけだ」

僕は続ける。季節の流れを感じる余裕もなく。毎日彼女のそばで。

「お母さんは自殺などしていない。そんな出来事はなかった。アルコール中毒じゃなく、体調が悪く寝ていた。きみが看病した時、痩せた手で頭を撫でてくれた。きみを強く、抱き締めてくれた。こんな風に。この感触は覚えたね？　きみは必要だという意味だから。きみはこの世界に必要だという意味だから」

「大勢の男達に、きみは襲われてなんかいない。そんな出来事は全くなかった。きみはただそういうビデオを見た。彼氏の部屋で。友達から借りたビデオが、まさかそんなハードなものだなんて彼も驚いていた。きみが付き合ってた男も酷い人間じゃなかった。優しい人だった。そんなにお金はなかったけど、アルバイトをしてきみにブレスレットを買ってくれた。その時、きみの内面には温かな温度が広がった。……そういう温度は、人生のうちに何度か人の内面に訪れる。覚えてないだろうか？　ほら、あの俳優に似ていた。その顔をイメージしてみるといいはずだよ。名前？　名前は――」

「アルバイトを始めようとして、いじめられて辞めたことなんてない。そんな出来事はなかった。きみは喫茶店でバイトをした。そこのお客さん達は、みなきみに会うのが楽しみだった。きみのお蔭で、そこに来る人達は楽しい時間を過ごすことができていた。友達だっていた。そのバイトで知り合った友達と、きみはコンサートに行った。覚えてないだろうか？　黒人さんが演奏するジャズだった。きみは音楽に詳しくなかったけど、彼らがリズムに乗って演奏する姿を見て嬉しくなった。ほら、この曲だ。この曲をきみはそこで聞いた。音楽は偉大だよ。この曲は嫌な思い出を消してくれる。その時、きみは気がつくと身体を少し揺らしていた。きみは感動していたんだ。人と何かを共有したことに。何かに夢中になったことに。これまでよく知らなかった世界を発見したことに。いいかい、この世界にはちゃんと素晴らしいものがある。内面が活性化されるような、喜びをもたらしてくれるものがある。くだらないことが多いけど、その中でも、注意深く世界を見つめてみれば確かにいいと思えるようなものがあるんだ」

効き目はなかった。彼女の脳は、僕の提示する人生を一旦は取り入れても次々消していく。ジャネやフロイトのようにできるはずがないし、そもそも彼らだって何度も失敗している。彼女がまた姿を消し、知らない病院から連絡が来た。手首を切ったという。今度は深く。とても深く。

退院した彼女が、僕にしがみつきながら言う。あれをやって。吉見先生がしていたあれを。僕は無力感の中でうなずいていた。発注していた機器の箱を開けた。

ＥＣＴ。彼女の脳に電流を流した。だが都合よく記憶が消えることはなく、鬱の症状が少し改善するのみで、数日でまた元に戻った。与えている薬を強いものに――摂取すればオムツをしなければならないほど強いものに――しても改善が見られない。「もう無理なんだね。私はもう無理」「私はあなたに迷惑をかける」目を離すと死のうとし、止めると叫び続ける彼女を眠らせることしかできない。

アリストテレスという古代の学者が、神に変えられないのは過去だけだと言ったらしい。では神は無能だ。人間は違う。過去が積み重なり現在になる。それがこの世界の成り立ちで常識というのなら、僕はそれを拒否する。そもそも、なぜ人は悲劇を経験しなければならないのだろう？　そしてその悲劇をわざわざ記憶にとどめ、そのことで、その後の人生まで損なわなければならないのだろう？　それが当然というのなら、僕はその当然さを拒否する。なぜこんなに苦しまなければならない？　なぜこんな苦しみに耐えなければならない？　僕のこの行為が倫理的に間違っていたとして、それが何だというのだろう？「大丈夫だよ」僕は彼女に、電流を流しながら泣いた。「きみは生まれてきたんだから。生まれてきたんだからこの世界を楽しんでいいはずだ」麻酔で眠らせた彼女の頭に、震える手で電極を当てていく。涙が流れ続ける。「過去が何だというのだろう？　そんなものはいらない。そんなものは消えてなくなればいい。ささやかでいい。きみがこの世界を生きていたいと思えるくらいの幸福を」

あの時の僕のしていたことは治療だろうか。脳の構造そのものへの挑戦に似た治療。違うだろう。僕はこの人生というもの、そのものに抵抗していたのだと思う。人はもっと静かに生きられると。たとえこの世界が残酷でも、僕達はやっていけるのだと。人生で不幸に見舞われたとしても、そんなものは消すことができるのだと。

神が人間にそう生きることを望んでいるとしても、人間がそれに付き合う必要はないのだと。

雨が降っていた木曜日の朝。麻酔から目を覚ました彼女の様子に気づいた時、僕はどんな顔をしていただろう。

彼女の記憶が消えていたのだった。過去だけでなく、僕のことも全て。

そんなに都合よく、特定の記憶だけ消すことなどできない。吉見は偶然にも、ある程度上手くいっていただけだった。

人は頭を打つだけでも記憶喪失になる。これだけ電流を流してしまえば。ＥＣＴをやり過ぎると完全な記憶喪失になることがある。そんなことは、わかっていたはずなのに。

彼女が不思議そうに僕を見続ける。知らない男を無邪気に見るように。僕にとって、あまりにも残酷に美しい顔で。

10

これから、どうすればいいのだろう？　彼女の記憶を元に戻すことなどできない。僕だけを都合よく思い出させることもできない。

ならば、と僕は思う。ここから始められないだろうか。僕達の全く新しい生活を。

夜、僕がふれると彼女は拒否の態度を取った。柔らかく、僕が傷つかないよう微かに。当然だった。今の彼女にとって、僕は他人に過ぎない。知識として付き合っていたとは知っているが、僕の嘘かもしれない。彼女にとって僕は、記憶喪失を治療する医師に過ぎない。

また催眠を、と気づいた時、胸が騒いだ。彼女に催眠をかけ、僕を好きになるように仕向ける。でも、それで彼女を得られたとして、何だというのだろう？　催眠をかけず、好きになってもらう努力をしなければならない。

しかし好きになってもらう努力を僕がするとして、そうやって彼女が僕を好きになってくれたとして、催眠とどう違うのだろう？　洗脳とどう違うのだろう？　意識と、無意識の違いだろうか。でも意識に語りかけたとしても、それはいずれにしろ無意識に影響し意識にフィードバックされる。同じことではないだろうか。僕はわからなくなった。

「働きたい」彼女がそう言うまで時間はかからなかった。僕はその言葉が「逃げたい」と響くのに気づかない振りをした。それを言う時、彼女は自然さを装うために、僕に背を向けたまま何気なくという感じで言葉を出したが、元々不器用だったから、全く自然に言えてなかった。近所に雰囲気のいいカフェがあった。狭い道路に排気ガスのこもる街の中で、そこだけが、どこかの外国であるような店。アメリカの西海岸、たとえばロサンゼルスにあるような開放感のあるカフェ。彼女が働きに出、二週間くらいだろうか。彼女が人を好きになった。あっさりと。相手も彼女を好きになったという。そのカフェのオーナー。

その男が僕に会いに来た。彼女が出かけている時、僕の部屋に。

落ち着いた男。和久井と名乗った。眼鏡の奥の目は細く、端正な顔をしていた。着ている服は安くなかった。カフェの華やかさと合わず、静かに僕を見続ける。一度離婚し、その後独身だった。先妻との間に子供もいない。他にも二軒、同じ店名の店を経営している。

僕は茫然としていた。

「事態はとても複雑です。……私達は、まだ男女の関係において何も進んでいません。あなたにフェアでないと思ったからです」

本当か? そう浮かび、打ち消す。この和久井という男は真っ当に話そうとしている。

なら僕も、自分の中の醜さを一旦脇にどけなければならない。

「彼女の手首に無数の傷があるのは私も気づきました。……彼女の過去を教えてくれませんか」

男の視線をまともに受け、僕はどんな目をしていただろう。

体温が上がっていく。囃《はや》すようなざわめきが内面に起こり、それは明確な黒い喜びとなって僕の全てを埋めた。

あなたに彼女の過去を背負う覚悟があるだろうか？　彼女は薬中の父とアル中の母を持ち、義父に性的暴行を受け、母の自殺死体を発見している。風俗の仕事で罠に遭い一度に十五人の男を相手にしたこともある。自殺未遂七回。一体どれだけの男が彼女の身体を楽しんだと思う？　彼女の脳裏にはその男達の非道な行為の一つ一つが焼きついてる。今はただ記憶を失い平静になっているだけだ。あなたは本当の彼女を知らない。僕だけだ。僕だけなんだ彼女と一緒にいられるのは。なぜなら僕にはあなたにはない闇があるから。僕のように闇を持つ人間でなければ彼女の相手は務まらないから。その洒落たセーターを着たままここを去れ。

でも僕は言わなかった。正確にいえば言えなかった。善からではない。何からだろう。

「大方、予想はついてるのです」

男が言う。低い声で、ゆっくりと。

「彼女はきっと、男性から酷い仕打ちを受けたことがある。性的暴行や、何やら、様々な男達が彼女を損なったのではないかと。……違いますか」

僕はどんな表情をしていただろう。言わない。彼女はゼロになった。彼女は幸福になるべきだ。そう思っている自分を不思議に思った。この期に及んで、善人にでもなるつもりだろうか。でも男は僕の表情から読み取っていた。内面を見透かすように。

男が息を吐く。これ以上ないほど深く。

「なんだ。……そんなことなら私はいいのです」

男が笑みを浮かべたのを、僕は茫然と見る。

「私が恐れていたのは、彼女が誰かを損なったのではということでした。つまり前科があるかないか。記憶喪失のケースで、そういうことがあるでしょう?……もしそうなら私はその被害者、あるいは被害者遺族を知り彼女と共に償いをしなければならない。彼女と償いをするのはいいんです。ただその事実は悲しいから、そうであったら彼女もその相手も悲劇だと」

身体の力が抜けていく。僕はいつまでも男を見ていた。

「あなたは……?」

「さっき言いましたよ。カフェの店主です」

男はそう言って微笑む。目じりに微かな皺。この男の過去に、何があったのだろう。何かの悲劇を、抱えているのだろうか。だからこそ、男は彼女を受け止めることができるとでもいうのだろうか。

「あともう一つ」

男が言いかけたのを仕草で止める。男から言われるなら自分で言う。

「僕と彼女の関係ですね？　確かに、お付き合いはしていました。でもあなたも知る通り今の彼女は僕を好きじゃない。……だから僕に彼女を引き止める権利はない」

僕の声は、震えてなかっただろうか。男がうなずき、立ち上がり部屋を出ようとする。これ以上敗者を見ない配慮のように。

「彼女にもうここに来なくていいと伝えてください。そのままあなたの部屋にでも」

僕の言葉に男がもう一度うなずく。最後に、彼女から哀れみの顔を向けられたら、自分がどうなるかわからなかった。

それからのことを、あまりよく覚えていない。部屋の絨毯に酒の臭いが染みつくようになった。公園のベンチにい続けたことがあったように思う。二つの埋まった釘、その位置の間にちょうど座ることに、僕はこだわっていた。そこから絶対に動きたくないと思っていたから、僕はいつまでも動くわけにいかなかった。僕をどかしたのは警官だったろうか。はっきり覚えているのは、和久井の店の前を通りかかった時のことだ。髪を上にあげ、エプロンをした彼女が笑顔で働く姿を見て、足の力が抜け、立っていることが難しく、僕は錆びついたガードレールに右手をつけ身体を支えた。自分が泣いていることにも、しばらく気づかなかった。

人の過去を、変えようとした者への罰。神に、刃向った者への罰。僕はしばらく歩きその場で吐いた。自分がどれだけ、彼女を愛していたかを思い知らされながら。いつの間にか彼女は僕の全てになっていた。これほどまで、人を好きになったことがなかった。僕はこれから一生涯、和久井と彼女のつつましくも平和な生活を想像しながら悶え苦しむのだ。和久井と彼女が抱き合っている場面を、もしかしたら数分に一度くらいのペースで脳裏に浮かべながら。

僕は吐きながら喉がつまった。その苦しみが快楽となり僕を包んでいた。こんな自分はこのまま死んでしまえばいいという風に。このまま息も出来ず死ねばいいと。吐瀉物《としゃぶつ》にまみれ泣いて倒れて死ねばいいと。

11

目を開くと、照明の明かりが白くぼんやりと見えた。

その光が膨張していく。泣いていると気づいた時、様子をうかがう男の姿が見えた。

「それからの記憶が曖昧なのです。僕は……」

「……ゆっくりでいいです」

男が静かに言う。不意に動悸が激しくなる。僕は少し前、山林のコテージにいた。あのスーツケース。

あのスーツケースに、女性の死体があった。

「僕は」

「ゆっくりでいい」

男が強く言う。

「今のあなたには耐えられない。今あなたは混乱している。**……それに、今あなたが気づいたことよりその後の真実は残酷なのです**」

男が僕を憐れむように見る。その視線を見たくなかった。

「今日は眠りましょう」

男が僕に錠剤を手渡す。僕はそれをむさぼるように飲み込む。耐えられない。この現実に耐えられそうにない。

外では雨が降っているだろうか。わからない。僕はこの現実から逃げようとする。また目が覚めるだけなのに。

「今あなたはぼんやりしている。私の言葉の響きはわかっても意味はわからない。……そうですね？」

男が僕の目をしばらくじっとのぞき込み、やがて微かにうなずいた。目が霞んでいく。

「その後のことを教えましょう。……彼女は自殺したのです。和久井の元で平穏に生きていた彼女に異変が起きた。彼女は全てをまた思い出してしまった。彼女が昔撮られていたビデオを見せた人物がいました。木田と間宮という男です」

声が聞こえ続ける。

「あなたはその木田と間宮に復讐することになる。恐ろしい復讐です。あなたの存在そのものを、彼らの脳内に埋め込もうとした。……わかりますか間宮さん」

男が笑みを浮かべてるように見えるが、よくわからない。

「私の名は和久井。私は全てを捨てこの復讐に乗った。そしてあなたをずっと診ている先生が誰か」

意識が遠くなる。

「……もうわかりますね」

【メール】

和久井太一様

間宮と木田の居場所がわかりました。

彼らをこのクリニックに連れてくる方法も、いくつか考えました。

しかしながら、本当に、あなたは私の復讐に協力してくれるのでしょうか。あなたはそうしたいと言う。あなたの気持ちを考えれば当然で、私一人、この復讐を味わうのは不公平のようにも思います。

私は今、引き裂かれています。あなたのためを思い、あなたの協力をお断りしたい気持ちと、協力して欲しい気持ちと。なぜなら、私は計画を練ったとはいえ、いざ実行に移す時、怖気づくかもしれないから。実際、彼らに近づこうとした私は、その行為の先にあることに、躊躇してしまっていた。相手は、ゆかりにあのようなことをした人間達だというのに。あなたが横にいれば、後には引けない心理も働き、様々な計画が全て上手くいくのではないかとも思うのです。

私は、変わらなければならない。あなたから見ると、私は酷く頼りなく映るでしょう。ゆかりを失ったのに、何をまだ小市民のようにうだうだしているのかと。自殺願望など捨ててしまえと。

少し、考えがあります。今度お会いする時、私は別人のようになってあなたの前に現れたいと思う。吉見という、悪魔のような医師がいます。彼なら、私を変えてくれるのではないかと。精神科の医師が精神科医を訪ねる姿は滑稽かもしれませんが。

私はそこで、私を越えたいと思う。温かさを感じない、何をするのにも躊躇というものを感じない、何か妙なものになりたいと思う。

資料ファイルを一つ、添付します。これからすることに、私達はある程度、やり方を共有する必要があります。

【添付資料　ファイル】

人間の内面に入るにはいくつか方法がある。驚くほど簡単にいくこともあれば、当然のことながら上手くいかないこともある。

洗脳の歴史は古いが、「近代洗脳」の歴史はロシアから始まったと言われている。そのシステムの存在が明らかになったのは一九四八年、旧「東側」の国、ハンガリーで起きたある事件がきっかけだった。

ハンガリーのカトリック教会の枢機卿《すうききよう》、その秘書である神学者が誘拐される事件が起きた。五週間後、彼は戻ってきたが、なぜかその隣に警官がいた。

目つきが明らかにおかしく、挙動不審だったが、警官とだけは親しげに自然な会話をしていた。彼はそのまま地下室の床を指さした。地中に隠された金属製のケースから、枢機卿による秘密文書が多数発見される。枢機卿だけでなく、ハンガリーのカトリック教会全体を窮地に陥れる書類。神学者はそれまで枢機卿に忠実に仕え、その人格は誰もが認めていた。だが警察がその書類群を押収するのを、ニヤニヤ笑いながら見ていた。

枢機卿は逮捕され、その裁判で再び人々の前に現れた時、誰もが驚くことになった。人徳、誠実さで尊敬されていた枢機卿が、全く別の人間となっていた。顔つきも変わり、落ち着きがなく、身体を前後に揺らしながら、これまでの自分が全て間違っていたように訴え始めた。国家転覆を企てていたという、荒唐無稽な罪状まで全て完全に認めていた。脅されている、という様子ではなかった。感情を失ったように、自分の罪を訴えているのだった。

ロシアで行われたパブロフの犬の実験はよく知られている。犬に対しベルを鳴らし、それからエサの供与を繰り返すと、犬はやがてベルの音だけで涎《よだれ》を流すようになる。この実験に、当時のロシアの指導者レーニンは熱烈に感動し、「これで革命の未来が保障された」と言ったとされている。この「パブロフの犬」の実験には続きがあったことは世の中にあまり知られていない。

ベルを鳴らし、犬にエサを与える。この習慣が完全になったところで、今度はエサを与えないと犬は混乱し始める。おかしい、と感じた頃に、またちゃんとエサを与える。安心したところに、でも今度はベルばかり鳴り続けエサが与えられない。それが長期間続くと犬は極度の不安の状態となる。エサが欲しい、ということより、ベルが鳴ったらエサが来る、の「予期できる安定した順番」を激しく求め始める。その後にまたベルとエサをきちんと合わせると、今度はまた涎を垂らすようになる。

そして、犬を水につけるなどし、生命の危機を感じるほどの衝撃を与えると、犬は自分にされたその「習慣」を完全に忘れてしまう。そして犬の性格そのものが変わってしまう。


さっきのハンガリーの例もそうだが、これを人間に適用した例がいくつもある。

まず人間を逮捕し、監禁する。例えば腕を5時間ずっと上げ続けろ、と命令され、できないと激しく暴力を振るわれ、罵倒される。きちんとやろう、と思い頑張ると、今度は、きちんとやっていても暴力を受け罵倒される。お前はなぜ捕まったのか、と何度も問われ、わからないと暴力が待っている。あれだろうかこれだろうか。次第に、その人間は自分がしていないことまで提案するようになる。

そこで激しく褒められる。愛情を受ける。褒美にチョコレートや煙草などをもらい、優しくされる。認めてもらった、と思った時、また何の脈絡もなく罵倒される。そのうち、その人間は自分を尋問する相手が何を望んでるのかを、必死に推測しようとする。その人間の生存本能が起動され、脳が、その人間が元々もっていた信念や思想をこれ以上持ち続けると危険と判断し、脳が、脳自らを変革してしまう。その人間は、尋問者が告げた罪を自ら認めるのでなく、自ら進んでついた嘘の罪で、しかし、脳が、それが嘘であると認識していると生命に危険が生じるので、脳自身がそれを真実と思い込むように自らを変えた実際は嘘の罪で、裁かれることになる。強制されたと本人は思っていない。自ら進んで言ったのだから。

人間のこのような習性に、今度はアメリカが目をつけ始める。近代洗脳は「東側」で生まれ「西側」で洗練されていく。

サブリミナル効果は有名だった。実験で、映画の上映中、意識でわからないほど一瞬ポップコーンの映像を挟み続けると、上映後、人々はポップコーン売り場に列をつくることになった。言い換えると、一瞬の視覚情報は、意識、つまり「私」を素通りし、無意識に直接作用してしまう。そして無意識から意識の「私」にフィードバックされ、「私」はポップコーンを食べたくなる。ここから導き出される問いは、一般的に言われてるより、恐ろしいものになるかもしれない。つまり、では「私」とは一体何か、ということだ。

X－38と呼ばれた実験がある。被験者を防音のカプセルに寝かせ、視界を塞ぎ、手には厚手の手袋、足は筒に通し、あらゆる感覚を遮断させる。被験者二十二人のうち、二十四時間耐えられたのは半数だった。耐えられた者も、見当識障害、距離感の混乱、集中力、思考力の障害、幻聴、幻覚、被害妄想といった症状が見られた。

なぜか。脳には適度の「情報」が必要とされる。過度な情報でも脳は混乱するが、情報が少ないと、脳は正常な活動ができなくなり、貪欲に、自ら情報を欲するようになる。この脳の飢餓の極限状態のカプセルの中で、何かの意見、考えを吹き込んだテープを聞かせると、それを「私」がどう思うかを飛び越え、無意識が、つまり脳の奥が直接それを貪欲に取り込んでしまう。実際、その実験の後にカプセルを出ると、そこで吹き込まれた言葉が彼らの性格に大きく影響する結果になった。


このように、他者をコントロールして起きた事件も多数あった。たとえば一九五一年のデンマークの事例。銀行強盗で逮捕された男が、洗脳でそうさせられていたと発覚する。彼は洗脳されある女性と結婚し、さらにその妻をその洗脳者に与えていた。

彼の催眠を解こうとすると、激しく抵抗した。催眠を解こうとする者が現れたら、抵抗しろと催眠がかけられていた。破った方法は原始的だった。抵抗が起こった時、大量の精神安定剤を投入したのだった。催眠は解かれたが、彼は「P」と言われるとトランス状態になるほど催眠に「適した」男だった。

ちなみに一九九五年、日本の地下鉄で猛毒のサリンを撒き、多数の死傷者を出したオウム真理教というカルト教団、その信者の内面の奥に存在した催眠による言葉は「もしこれを解く者が現れたら自滅せよ」だったという。

こういったことを軍・諜報機関に適用する動きも当然出た。催眠にかけられた状態で極秘情報を与えられ、特定の人物が合言葉となるフレーズを言ったときだけその情報を思い出せるようにする。しかも催眠をかけられたことは忘れる。そんなことも可能だった。捕虜を自白させることも。催眠中の人間は驚異的な記憶力を持つことも発見された。催眠中に提示された極秘情報は、驚くほどの長文でも可能だった。

人を直接的に変える方法として当然薬物もあり、それは歴史も変えている。ヒトラーが興奮剤メタンフェタミン（日本名ヒロポン、スピードと呼ばれる覚醒剤）などを膨大に服用していたのはよく知られている。副作用は多岐にわたるが被害妄想も出る。彼の被害妄想でどれだけの被害が出ただろう？　薬を投与し続けたヒトラーの主治医、テオドール・モレルの存在の検証は十分に足りてるとは言えない。いわゆる〝カミカゼ〟、出撃前の日本の特攻隊員達にヒロポンが使われていた証言も多数存在する。現在の過激派の兵士やテロリスト達も様々な違法薬物を与えられてしまう。彼らはそれらによって、本来ならできないはずの行為をすることが可能となってしまう。

そして洗脳の歴史は究極段階に入る。ＥＣＴと呼ばれる、本来鬱病の治療で行われるもの。百ボルトの電圧でてんかん発作を引き起こす。てんかん発作が起こると、患者は一時的に気分がよくなることから思いつかれた。今日では麻酔をかけ行う。筋弛緩剤を使うのは無けいれんＥＣＴと呼ばれる。

これを悪用し、低電圧による拷問も行われた。外傷もなく拷問できるのが利点だった。ＥＣＴには記憶障害の副作用があり、低電圧で拷問し、最後に高電圧でてんかんを起こさせ拷問を忘れさせることも可能だった。

人間は脳内の海馬を損傷すると、新たな記憶を保つことができなくなるが、古い記憶は依然残る。これらの「長期記憶」は大脳皮質内にあるとされる。ＥＣＴはそこに作用してしまう。

過剰なＥＣＴで記憶を完全に失うケースも発見された。幼児のような状態になることも。通常は時間とともに記憶は少しずつ回復するが、脱落したままのケースもあった。

この「幼児のような」状態の時、様々な言葉、意見を語りかけると、それらは直接彼らの「白紙」の脳に吸収されていく。「あなたは他人に対し優しくするのが好きだ」と語りかけると、その人間は善的な傾向をもつようになる。「紙きれが落ちてると拾わずにいられない」と語りかけると、その患者はいつまでもそのようになった。
この効果は絶大だった。
「私」とは何か。特定の方法下に置かれる時、それはもうわからなくなる。

12

医師の部屋に呼ばれる。僕はこの医師に親しみを覚えてる。認めないわけにいかない。

「……調子はどうです」

医師が言う。何かの書き物の途中だったのか、ＰＣの画面を消す作業をしている。

「悪くありません。ただ……」

「ただ？」

「一連の記憶が、まだしっくりこないのです」

僕は正直に言う。医師の期待に応えられないのは辛いのに。

「僕は記憶を失っている。でも失われた記憶を、先生達が、何とか取り戻そうとしてくれる。これがあなたの記憶ですと、先生達が教えてくれる。確かに、自分の記憶だとは思うのですが、何というか、夢で見た何かのようで、実際の自分の記憶との一体感がないのです。僕が遊離してるのか、記憶が遊離してるのか……」

医師が眉をひそめる。期待に応えたい、とは思う。僕にはもう、彼らしか頼る者がない。自分が誰かもわからない。窓から木々が入って来るようで、突然恐怖に襲われる。僕は深く息をし、静めようとするが上手くいかない。

「でも、あなたは自分の記憶を話すとして、昨日はゆかりさんのことを、あんなにも雄弁にお話しになったではないですか？　あれは、……あなたが昔書いた日記ですよ。私と書かれていたものを僕と言い換えたりして、淀みなく長く読み上げた。ゆかりさんが和久井という男の元に行った時の話。感情移入し、最後は涙まで流して」

「ええ。読んでいると、徐々にしっくり来るようにも思います」

僕は窓から目を逸らす。でもそこにいるのだ。無数の木々が。

「……そのまま共感し続けることです。記憶の自分と。そうすれば、さらにそれを自分のものと思えるようになる。……ゆかりさんを損なった男達が憎いですか」

「憎いです」

僕が言うと、なぜか医師が笑みを浮かべたような気がした。見間違いだろうか。頭痛がする。昨日より激しく。

「彼らへの恨みを思う時、僕はよりそれらの記憶を自分のものにできるような気がします」

「その調子です」

「はい」

動悸がする。窓の木から目を逸らしてるのに。

「今日はもう眠りましょう。まだ治療は続きますから」

【手記　5（未出力・フォルダ内）】

間宮と木田の居場所が見つかり、私は吉見の元を訪ねた。以前と同じマンション。吉見はまた私を患者のように迎えた。吉見の向かいの椅子に座る。

「……ゆかりが自殺しました」

私が言っても、吉見に動揺する素振りはなかった。ただ皺に囲まれた唇を薄く歪ませた。

「そうか」

「悲しくないのですか。あなたもゆかりを」

「私はもうすぐ死ぬんだよ」吉見がなぜか嬉しそうに言う。

「なら道づれは多い方がいい」

満足げな吉見を、ぼんやり見ていた。そうだ、と私は思う。この男は、こうだろう。諦めとも羨望ともいえる感情が、私の身体の力を緩めていく。

「で、なんだ。死にたくなったからきみの精神を治せとでも？　確かに治してやれるだろう。だが」

「違います」

窓の下で列車の音が遠ざかっていく。私から何かを、持ち去っていくように。

「僕を変えてください。あなたのようなゴミ屑に」

吉見が笑みを浮かべる。

「復讐を？」

「ええ」

「それはいい。……これは見事だ」

吉見がそう不可解なことを言う。

「……どういうことですか」

「本当に覚えてないのか」

もう窓の外から何も聞こえない。

「私はきみに以前会ってる」

鼓動が、少しずつ速くなっていく。

「……え？」

「きみは母を傷つけた後、教護院、今でいう児童自立支援施設に送られた。私はそこできみの内面を修理している」

記憶はそれほど鮮明でないが、あの時、何人もの医師が私を入れ替わり立ち代わり診ていた。その中の一人に、確かに似てるような気がする。でもその医師は確か大柄だったはず。一致しない。でもあの医師が痩せて歳を取れば。

「興味深い少年だった。内面に気味の悪い領域を抱えながら、それに気づいていない。いや、その気味の悪い領域は、その少年の意識に上ることなく、奇妙な形で自らの悪意を実現していた……。もう二十年以上も前。私も随分歳をとったからわからんだろう。……小塚亮大」

「……どういう」

「私の知り合いに、私と同様子供のない医師がいた。彼ら夫婦にきみを引き取るよう勧めたのも私なんだよ。……きみは興味深い経歴を持っていたし、彼らなら上手く育てられると思った。それにきみは頭が良かったから、彼のクリニックも継げるだろうと」

吉見がワインに口をつける。彼がそれを飲んでるのに初めて気づく。

「だがそんな昔のこと、私も忘れていた。しかしその医師が、つまり君の育ての親である新しい父、あの平凡な男が死んだ葬式に出た時、きみが彼のささやかなクリニックを継いでるのを知った。ゆかりにきみのクリニックに行くよう勧めたのは私だ。なぜなら」

考えが上手くまとまらない。彼の言葉が、上手く入ってこない。

「いや、話が進み過ぎた。……一つ私の話をしよう」

吉見は皺で縮んだ口を、何かを嚙むように動かした。

「私の生い立ちは省く。だが私はその暗い生い立ちのわりに問題もなく成長した。特に優秀でないが特に失敗もしない。怠けることはないが特に情熱があるわけでもない精神科医。友人はなく物静かだが、誰かに話しかけられれば少しは返事をした。そんな男だった」

吉見はそう言い、なぜか自分でうなずいた。

「膨大な患者の相手をした。十年、二十年。それぞれの患者はそれぞれの場所で傷つき、それぞれの内面に損傷を負っていた。私はそれらを治し続ける。地味に、淡々と。上手くいった例もあれば上手くいかない例もあった。ある時、一人の青年がやってきた。二十代後半、無職。彼は言うんだ。どうやら自分は人を殺したかもしれないと。……わかるだろう？　強迫性障害の一つ、加害恐怖だよ。いつかと聞くと、さっきと言う。彼は狭く苦しい場所にいた。自分は人を殺すかもしれないと怯え、もう殺したかもしれないと怯えていた。自分でも気づかないうち、路地で、店で、誰かを殺したのではないか、そうしたような気がする、その感触がこの手にあるような気がする、踏切で、そう、踏切で、自分の前にいたあの老人を自分は押したんじゃないか。……考え始めると苦しく、いつか捕まる恐怖に襲われる。だから彼は、家から出ず、自分の一日の行動を全て記すようになっていた。そうしていれば、自分が誰かを殺したかもしれないと怯え始めた時、自分がやっていないとわかるから。……様々なケースがあるが、この患者の場合には、憎む相手があり、その人物に対し殺意があり、その殺意に自ら罪悪感を感じた結果そういう症状が出たのではないかと私は思った。……その日、私はあまり体調がよくなかった。休みにしてもよかったが私は勤務態度だけは真面目だった。診察室へ向かう途中、廊下に積まれていたダンボール箱の陰に、小さな中年の女性患者がいるような気がした。その手のひら大の患者が、内緒話をするような小声で、私に秘密の話がしたいともちかけた。指が冷たいのか、ふうふうと息を指に吹きかけていた。彼女はその秘密の話として、今度は顔をかきながら、近所の家族の些細な噂話を深刻な顔で話し始めた。……もちろんそんな印象はすぐ打ち消したが、でも本当は私はあの日休むべきだったのだ。私はね、こう言わなければいけない、行動療法に、薬はこれを……と思いながら、なぜか、彼が言うことをただぼんやり聞いてたんだ」

吉見の目がなぜか一瞬虚ろになり、すぐ戻った。

「ああ、この患者をこのままにしてはまずい、それは駄目だと思ってるのに、私は圧倒的な気だるさの中で彼が話す言葉をやり過ごしていた。どうでもいいんじゃないか、と思っていたんだよ。どうでもいいと。こいつが誰を殺そうが誰がそれで悲しもうがどうでもいいと。本当は、私はそんな自分に驚かなければならなかった。しかし驚くエネルギーもないくらい、得体の知れない気だるさに私は突然覆われていたんだよ。心臓だけがトクトクと響いていた。そして口走った」

「……何を」

「きみはもうやったんだろうと」

エアコンの音だけが鳴り続けている。

「……彼は驚いていた。私がきみはそんなことはしてないと言い、彼が、いや、自分はやったように思うと言い続ける……、彼も、そんな展開を予想してたんじゃないか。私は続けて言ったよ。きみが日記をつけるようになる前に、もう恐らく殺してるだろうと。そういう患者を何人も見たことがあると。きみと同じように日記をつけていたが、結局その日記の前に殺していた患者が何人もいると。もちろん嘘だ。でも私はそう言っていた。言いながら、駄目だ、訂正しなければと思いながら。……そして茫然としているその患者に、軽い頭痛薬を処方し追い返した。本当は適切な薬を与えなければならなかった」

唇を曲げるように、吉見はまた笑みを浮かべた。

「その後だ。私は一つのニュースを見ることになった。繁華街での通り魔事件。死者多数、負傷者多数。犯人は無職、二十代の……。そのニュースを見ていた時の私は、もう善悪とは別の場所にいた。美しい、と思っていたんだよ。社会から虐げられ、彼の中に溜まった悪意が、社会に還元されていく。その被害者達はそれぞれに傷を負い、それぞれの人生を起点にさらにそれが広がっていく。私が見ていたのは、その線だよ。暗い線。たとえば物理学で素粒子同士が影響し合い何かの現象を起こすように、私にとってそれは、善悪ではなく、ただの化学的な現象にしか見えなくなった。その暗い線の無造作な動き方を、その流れを私は美しいと思いながら見ていた」

　吉見が短く息を吸う。

「きみの中にもその線はあっただろう。だがそれは私があの時静めてしまった。まだまともだった頃の私が。でもきみは今、あの頃のきみの中にあったその力を必要としている。しかし」

　部屋が冷えてくる。

「今私がそれをきみの中に復元したら、きみはもう、以前のきみではいられなくなるかもしれない。きみが好きだったもの、たとえば喫茶店で飲むコーヒー、音楽、初めて見る街の風景、そういったものを、以前のように温かな気持ちで体感できなくなるかもしれない。きみの中に復元される冷たい血と引き換えに。これは向こう側へ行く取引だ。願いを叶えるとは、他の何かを犠牲にすることだから」

　鼓動が抵抗するように、音を立てている。私は笑みを浮かべた。

「構いません」

私はポケットの中で、ＩＣレコーダーの録音ボタンを押す。彼のやり方に興味があった。

【手記　６（録音）（未出力・フォルダ内）】

――人間には、攻撃欲動がある。

吉見の声。

――フロイトはその起源を、命あるものを無機質の状態に戻そうとする力とも述べた。まるで物理学的なものにまで遡《さかのぼ》るように。引力と反発力との類似にもたとえた。……確かにまあ、そうだろう。でも私はその起源をもっと、人間、生物に引きつけて考えてみたい。

衣擦れの音。私が動いたことで、レコーダーがポケットの布地に擦れたのだろう。

――言うまでもなく、生物は生物を食わねばならない。だから攻撃欲動があるのは当然であり、それは自らの生命を維持するのに必要なものだ。しかし、人間は一部の者達を除きもう狩りをしない。人間の攻撃欲動は宙に浮いてしまう。……攻撃欲動を、だから人間は性質や姿を変え実行することにもなる。性とも結びつく。入れる、という行為にすでに攻撃性が含まれる。全体的に男が他人を責め女性が自分を責める傾向にあるのはそのためじゃないかと思うよ。……いや、これは暴論だな。

吉見が笑う。私はまだ起きていたはずなのに、返事をしていない。

――そして人間の攻撃欲動は、つまり悪は伝播《でんぱ》していく。何も人間の欲動内で、ここからが攻撃欲動でここから違うなど線引きはできない。攻撃欲動は、他のことに容易に昇華することができる。何かに夢中になるでもいい、居酒屋で愚痴るでもいい、元は攻撃欲動であるなどと全く思えない健全なことにもいくらでも昇華できる。要はエネルギーであるから。だが人間はそれをそのままダイレクトに行使してしまう。自分を責める形で、自らに攻撃性を行使するケースも多い。ゆかりもそうだった。被害を受けたのは自分なのに自らを責め、自らを損ない続けていた。やり場のない攻撃欲動の結果、自分を傷つけた者達を自己の体内に取り込み、自己を傷つけることで彼らに復讐するかのように。……きみもその傾向がある。……しかし犯罪を犯す者の場合は、……誰を事例に上げようか。

「宮崎勤はどうです」

――なぜ?

「彼について調べました。なぜあのような無気力な男が、あんなことをできたのか。僕は他にも、前上博《まえうえひろし》についても調べました。自殺サイトで出会った三人の男女を殺害した……」

――つまり、彼ら犯罪者の内因がわかれば、自分も自分を越えられると?

「ええ。宮崎はネズミ人間に身を任せることで――」

この辺りから、記憶が曖昧になる。薬が効き始めている。

——宮崎勤は暴力を受けていただろう？　それを行った者達は、恐らく現在も幸福に暮らしてるだろう。あの男の中で悪が伝播していた。本来全く関係のないはずの、宮崎への加害者が殺害された幼女たちと繋がる。宮崎の脳内の、あのような複雑さの中でね。この世界を別の視点から見れば、線の網と見ることができる。それぞれの悪が伝播し続ける。たとえばこの新聞の評論家。熱く戦争の必要性と日本人の優位性を説いてるが、一時期私の患者だったのだよ。自信がなく臆病だったこの男は、強い国家と同化することに活路を見出した。精神分析での典型的な事例だな。ヘイトスピーチをやる連中は、翌日体調が良くなるそうだ。人の多くが、自分の正体を知らず生きている。臆病な人間ほど自分の正体を考えようとしない。戦争の裏には多くの人間達の攻撃性が隠れているのは言うまでもない。もちろん、意識では善の殻《から》を被っているのだが。

吉見が笑う。一人で。

——ネットを見てみるといい。悪の掃《は》きだめだ。顔を隠した自分の不用意な言葉が、その後人間を介し続けどうなるかという自覚もない。人間は自身の顔が隠れ善の殻に覆われる時、躊躇なく内面の攻撃性を解放する。その自己の攻撃性の自覚もなく。彼らは、今すぐやめるのが無理なら徐々にでもやめるべきだな。……さて。

衣擦れの音。

――薬が効いてきたらしい。しかしきみの場合、宮崎勤のケースを利用するのは難しい。私は、彼は解離性同一性障害でなく、それより軽い、統合失調症だと思うんだがね。統合失調症の場合、自分は別の人間と思い込んだり、周囲が全て敵だと思い込んだり、自分は神だと名乗る者までいる。症状は多岐に渡るが、脳内に命令者が現れることもある。よく犯罪者が言う、命令される声が聞こえてやったというあれだ。あと私は、彼と彼の世話をしたとされる情緒障害の男との間に、何か早過ぎた性の遊びがあったのではないかとも推測している。……だがきみにはもっと、別のやり方が向いている。方向性としては遠くないが、これから復讐をするきみをあのような複雑な病の中に置くわけにいかない。……きみは今自殺を考えている。でもそれは、きみの中にある怒りの攻撃性が、きみに向かってる可能性があると私は見てる。きみはゆかりに対し罪悪感を持っている。自分に罰を与えたいとも思っている。さらに自分が死ぬことでこの世界そのものに復讐したいような気持ちまでもっているだろう。それをまずやめるべきだ。

私の返事はない。

――きみを昔診た時のカルテがここにある。思い出すといい。きみが母親を思わず押し、母親がきみを誘うように見たあの瞬間。きみは母親に暴力を振るった男達と同化しようとし、それを拒否する。そうだな?

返事はない。恐らくうなずいている。

――さあ。母親やきみに暴力を振るった彼らと、今度はしっかり同化してみればいい。彼らと同じように。……この世界には不幸が溢れている。世界は怖いだろう。世界は恐ろしいだろう。でもその不幸の下敷きになるのでなく、きみが不幸を作り出す根源となればいい。きみは世界を不幸にするがわに立て。

「あんなやつらと同化を？」

私の声。でも幼過ぎるように思う。

――この際選ぶことなどできない。身近な悪を利用する。きみはあの時本物の犯罪者になり損ねた。

「僕は」

――きみは言った。もう以前の自分でなくなると。悪を取り込むとはそういうことだ。

衣擦れの音。

――ましてや、相手はゆかりを損なった相手だ。何をしてもいい。

「……でも、勇気が」

――そうだ。きみは勇気がない。だからきみの中の内部のさらなる奥が、きみの代わりに妹を落とし、母親を傷つけた。なぜ勇気がないか。それはまだ、きみがこの世界のがわにいたいと思っているからだ。この世界から、弾かれたくないと思っているからだ。そんなものは捨ててしまえ。この世界に背を向けるがいい。想像してみろ。妹を落とした時の快楽を。母親がうずくまった時の快楽を。

「僕は、その後」

――……違う。状況に集中するんだ。その時の状況だけに。

衣擦れの音が長くなる。僕はどうやら、かなり身体を揺らしている。

――すっとした。そうだろう？　あれをきみは、今度は自分の意志でやるんだ。木田と間宮を損なう。あのカフェでゆかりに声をかけた彼らに。すっとするはずだ。

「どうでもいいんです。僕は死にたい」

――その自分への攻撃性を相手に。他の何にも昇華せず、健全さを拒否し相手に返す。

その後、似た問答が繰り返されている。何時間も。僕が時々眠り、また薄《うっす》らと目覚め、また眠ることを続けながら。僕のＩＣレコーダーの電源が切れるまで。

――きみは世界から離れていく。光の束から遠ざかっていく。その場所は酷く寒い。きみは凍った血を手に入れる。

【手記　7（未出力・フォルダ内）】

間宮と木田を連れてくるのは容易だった。人を雇い彼らを簡単に調べた。間宮は私と出身地が近く、木田の昔の職場の工場は、今の私のマンションのすぐ近くだった。これから起こる濃密な出来事を前に、奇妙な因果を感じた。

彼らはゆかりが自殺したのを知らない。ゆかりが昔風俗で働いていた時の客で、ゆかりに近づき、彼女に自分達とただで寝ろと強要した。昔撮った映像を持ち、ゆかりを脅した。和久井の店で働く彼女を木田が見たのだった。欲情した木田が彼女に声をかける。だがゆかりは全て忘れている。馬鹿にされたと思った木田は、映像をＤＶＤに焼きゆかりに渡す。ネットに流して欲しくなければ、自分達とまた寝ろと。

彼女が和久井に、相談すればよかった。だが記憶の戻ったゆかりは衝動的に首を吊ってしまった。彼女の母と同じ方法だった。彼女の遺書がＤＶＤの隣にあった。走り書きの遺書。

〝全部思い出しました。もういい。〟

抑えられ、隙をうかがっていた彼女の中の暗部が、記憶が戻った時をチャンスと見たかのように。死ぬなら今しかないと、彼女を短時間で発作的に駆り立てたように。和久井が不在の一瞬の間だった。時間の中に突如出現した裂け目のような何かに、突然力なく入ってしまったように。

茫然と痩せた和久井にかける声はなかった。なぜなら私が発狂していたから。その知らせを聞いたのは電話だったが、ほとんど覚えていない。私は何か、不明瞭な言葉を吐いたように思う。自分の部屋だった。何かにつかまらなければ、と思った時、壁に寄りかかるように座り込んでいた。水道の蛇口から、一滴ずつ、水が落ちていた。私はその様子に恐怖を抱いた。水というものがこの世界にあり、それが一滴ずつの塊となり、一定の間隔で下へ落ちていく。水はその状態で上に行くことも、左右に飛び散ることもなく、ただ淡々と落下し続ける。この世界の法則。味気ない法則。その温度のない剝き出しのありのままの様子が、恐ろしくてならなかったのだった。

和久井が部屋に来た。私は場所は移動していたと思うが、まだ壁にもたれ座っていた。和久井もどこかに腰を下ろしていた。何時間か、そうしていたような気がする。奇妙な双子のように。和久井が「殺しましょう」と静かに言った。私はうなずいた。

吉見の元を訪ねたことは前に書いた。訪ねたのは、私がもう死にたいと考えていたからだった。復讐はしたい。許すことなどできない。だが、それよりも、自分の生きようとするエネルギーが希薄になっていた。

カウンセリングの後、何か悪のエネルギーに満ちるのを期待したが、そうでなかった。私はとても冷静になった。死への願望はそれほど強くなくなり、何というか、死ぬことに興味を失っていた。彼らを殺すことにも、あまり興味がなくなっていた。それよりももっとするべきことがあった。

加害者に対し、遺族の気持ちを考えろ、という言葉がある。同じ目に遭わせてやりたい、という言葉もある。私も同感だ。だから私そのものを、彼らの中に入れようと思った。彼らのこれまで生きてきた人生を全て破壊し、その代わりに、私の人生そのものを、その闇と共に彼らの中に埋め込むのだ。彼らは私となり、私の経験した悪夢を自らのこととして経験し、その悪夢に内面を潰されればいい。

和久井は私の提案に賛成した。「でも最後は殺したい」という和久井に私も賛成だった。木田と間宮に接触した。初めに接触しようとした時、躊躇し引き返した私は、特に気持ちの準備もなく声をかけていた。「今彼女は私の家内です」私はそう言った。「あのビデオ観ました。素晴らしい。どうです、同じことをまた彼女にしてくれませんか。私はそれを横で見ていたい。金は払う。十万、いや二十万でどうだろう」

妻に倒錯した愛情を持つ夫を演じた。彼らはニヤついて笑った。私に酒を奢《おご》れというから、私は奮った。俺達がお前の妻を可愛がってやる。知ってるか？　あの女はこうするとこうなるんだ。そしてこうすると今度はこうなるんだ。私の肩に腕を回し話す彼らの言葉を、平気で聞いている自分が不思議だった。もう私は、以前の私ではないのだろうと。以前の私は、彼らの中に埋め込まれるのだ。

場所をクリニックに指定し、やって来た彼らを出迎えた。コーヒーに薬を入れる時、私の中にどのような緊張も生まれなかった。あまりに簡単だった。

眠った二人を、和久井と共に見下ろした。引っ越しの準備をするように、淡々と彼らを寝台に寝かせ、ベルトで身体を固定する。本来なら、筋弛緩剤も含め、麻酔をかけ行うECT。私達の動きにどのような躊躇もなかった。低電圧の電流を脳に流すと、彼らは何か不明瞭に叫び目覚めた。脳とは、その個人の存在そのものだ。その存在そのものに響く電流は測り知れない。ベルトで完全に固定された身体が、電流で激しく痙攣しようとする。私達が、それを喜んでやっていたと思うだろうか。私も和久井も、無表情だった。淡々と続けた。懇願し、許しを請う彼らの言葉を聞きながら、何て汚い顔をしてるのだろうと思っていた。涙だけでなく、鼻水、口から泡まで垂れるなんて。脳が破壊されてもかまわないほどの無麻酔ECT。初めに木田の電流を低電圧から高電圧に変えた。彼が気を失う。目覚めた時、彼は幼児のようにぼんやりとし、何も話さなくなった。強い薬物を混ぜ多量に摂取させる。彼らには、自分が自分であるという基本的な存在前提すら必要ない。

きみは記憶がぼんやりしている。でも本来のきみはこんな風だ。私は自分が書き始めていた手記を彼に読ませた。木田を第二の私、つまり小塚にするために。〝このページをめくれば、あなたはこれまでの人生の全てを失うかもしれない。〟一行目にそう書いた時、私は自分が何か楽しいことをしてるように感じた。私は自分を変えるために、実際の犯罪者を——宮崎勤、前上博を——研究していたが、その論文に似た文章も手記に付け加えた。ゆかりを失った後の私の試行錯誤、復讐のために、自分を変え悪に染まろうとした私の試行錯誤の全てを、その私の頭の中の過程の全てを彼らの中に入れたいと思った。なぜ様々な犯罪者の中で宮崎と前上を選んだか、理由はあるのだがそれはまた別の話になる。

彼は幼児のような従順さで読み続けた。読まないと罰を与えた。昔アメリカの精神病院で実践されていたオペラント条件付け。問題を起こす患者にベルトをつけ、悪さをすると痛みを感じる電流刺激を流す。流す前にブザーを鳴らし、その後に痛みを与えると、その患者はやがてブザーの音だけで言うことを聞くようになる。何度彼に電流を流し、何度ブザーを鳴らしただろう。彼は密室の中で、ひたすら私の手記を読み続けた。これは自分であると思い込むようになり、これは自分だから頼むから許してくれと言うようになった。自分だから何を許すのか、本当に自分と思ってるのか、と聞くと、とにかく助けてくれと泣いた。足りない。何度も何度も催眠をかけた。彼はやがて、私の手記を見ながら泣くようになった。感情移入が始まっていた。

だがしかし、彼は上手くいかなかった。あと少しのところで、激しく抵抗するようになった。ブザーを鳴らしても、ベルトに電流を流しても、廃人のように動こうとしなくなった。失敗だ。また始めからやらなければならない。またＥＣＴをやった。今度はもっと強めに。脳が破壊されようがどうでもいい。薬物の量も格段に増やした。紙屑を拾わずにはいられない、と暗示をかけると、彼はそれだけはしっかりやるようになった。だがそれ以外は何もしなくなった。彼は人間ではなくなり、何か他の、奇妙なものになっていた。

私そのものにしようと試みた木田は脳を損傷し過ぎた。だから間宮は、もっと慎重にやらなければならない。

いきなり小塚の、つまり私の生い立ちを読ませるのでなく、きみは小塚という人間であること、そしてこういう性格であることを丹念に催眠で語りかけた。ゆっくり時間をかけることにした。だが彼もまた、奇妙なものになってしまった。強い薬を連続で投与していく過程で、部分的な記憶の欠落と共に、統合失調症となった。人間の脳は複雑だ。彼は小塚の身分を手に入れたと言い始めた。繰り返し強制されることを、自発的なものに彼の脳が変えたのかもしれない。統合失調症の人間は、付近の住民が自分の悪口を言っていると思い込んだり、ありもしない盗聴に怯えたり、自分を別の人間と思い込んだりもする。彼もその病状の例にもれず、自分が何か大きな物語の主人公であるかのように、身分を手に入れ逃亡しなければならないと固執した。この線を強化すれば、やがて私が彼の中に完全に入るのでは。そう思った。

しかし、ただ身分を変えたという彼の病的な固着に乗るだけでは、小塚そのものであると思わせることはできない。どこかで、身分を変えたのでなく、そもそもきみは本当に小塚なのだと思わせなければならない。こういった病の治療にも似て、迷いながら、難しいかじ取りを強いられた。彼の病状を保ちながら、不安にさせる必要があった。不安の中に置き、身分を変えたのではなく小塚そのものになりきれば生命が助かると思えるように、脳の改革ができるかもしれない。昔のロシアでの事例のように。まず彼の固着に乗るため、父の——私を児童養護施設から引き取った医師の男の——遺産の一つである古いコテージに行かせた。環境を変え、不安の中でいよいよ私の手記に取り組んでもらうためだ。

間宮に読ませる前、ノイローゼになった木田が癖のある斜め字で、私の手記を読みながら何やら書き込んでいたのを和久井が見つけた。和久井は消すことを主張したが、私はあえて残した。あの書き込みを見れば不安が刺激される。その不安により、彼の固着を巧妙に根底から揺さぶれるかもしれないと思った。スーツケースの人形を、どうやら彼は本物の死体と思ったようだ。和久井のチャイムに怯え電気を消したらしいが、あんなものを本物と思うなんて。あれは私が生きるため作成を依頼したものだ。ゆかりに似せた人形を。そういうものをつくる人形師がいた。髪の長い、色白の親切な男だった。そのスーツケースの中には、前上博に関する私の論文も入れていたが、彼はどうやら読まなかったようだった。

和久井に様子を見に行ってもらったが、全く上手くいってなかった。だが和久井は諦めず、やや早急だったが、きみは小塚だと言い続けたらしい。私は安堵させる手紙を彼に持参させた。短い文面の中に、安心という言葉を二度も使って。人間の内面を動かすには、不安と安堵がいる。特に安堵の後の不安はそれだけ効果が大きい。でも、あらゆる洗脳の事例を見様見真似でやってみても、実際には上手くいかなかった。理論上は正しくても、実際には困難だった。やはり計画通りにはいかない。

彼は何と、自分の名前を思い出している様子だった。小塚と紹介された木田のことは忘れていたのに。仕方がない、と思った。彼を完全に破壊することになるかもしれないが、木田と同じように、ＥＣＴの乱用を決意した。「あなたに見せたいものが」私がそう言いその装置を見せた時、彼は今さらなのに驚いていた。いや、それを見た瞬間、自分がずっとされていたことを思い出したのかもしれない。

そして、高電圧のＥＣＴを間宮に何度も行った。翌日、目が覚めた彼を見た時、息を飲んだ。記憶の欠落どころでなかった。ほぼ完全な記憶喪失になっていた。ゆかりと同じように。

コテージにいたような気がすること、スーツケースの女の死体を見たことなど、直近のイメージだけは固執するように持っていたが、自分の名前などは完全に欠落させていた。私は慎重に、彼が小塚であること、つまり私であることを催眠で囁き続けた。何週間も、彼の無意識に語り続けた。彼は驚くほど吸収していった。全てを失った脳が、貪欲に情報を飲み込もうとしていた。私達のことを信頼するようにまでなっていた。私達のことを、記憶を戻そうとする心優しい医師と助手であるかのように。そして、私の手記を読み上げながら、徐々に木田と間宮に対する憎しみも口にするようになり始めた。私は思わず笑みを浮かべてしまったように思う。自分が間宮であるとわからずそう言うこの男を見ながら。だが細心の注意をもって進めなければならない。この状態にまでできたら、もうそれほど時間をかけるわけにもいかない。

廃人になった木田の使い道も決まった。間宮はあと少しだった。私達の復讐はきっと完結される。

むやみに広がる線より、シンプルな線が美しい。通り魔などくだらない。私が受けた線を、そのままの形で彼らの中に入れる。

13

部屋の照明をぼんやり見る。僕は最近、いつもそんな風にしているように思う。

机の上に、写真がある。ゆかりの写真。写真を見ていると、僕は彼女を好きなのだとわかる。好みの顔だった。でも、こういう言い方は変だろう。ゆかりは僕と付き合っていたのだから。でも彼女はもういない。自殺したのだから。

涙が流れてくる。まるで本当に、彼女と僕が付き合っていたかのように。いや、それが本当なのだ。僕が自分の中にあるこの認識に、まだしっかり馴染んでないだけだ。

昔のことを思い出そうとすると、頭が痛くなる。それだけならいいのだが、何やら、不安になってくる。でも、崖から落ちた妹や、酒に頼った母を思い出そうとすると、なぜだろう、気分が楽になっていく。本当なら、嫌な記憶であるはずなのに。彼女達の写真を見る。もう何度も見た写真。妹は今どうしてるだろう。僕を恨んでないだろうか。ドアが開き、医師が入って来る。

「先生」僕はすぐ声をかける。

「薬をください。何だか動悸がして、不安なんです」

「もう渡してます。飲んだばかりでしょう？」

「効きが悪いんです。これは全然違うものじゃないですか」

「そうですか。それより」医師がなぜか笑みを浮かべたように思う。

「気分はどうです？」

「ですから良くないと言ってます。……それに」

僕はずっと考えていたことを、医師に言う。

「この気分のせいかもしれませんが、……その、……ゆかりが死んだのは、僕の治療のせいのように思うんです」

医師が僕に視線を向けている。

「続けてください」

「上手く言えないのですが」

僕は大きく息を吸う。言いながら泣くわけにいかない。最近の僕は酷く涙もろい。

「なんというか、そんな気がするんです。……もちろん、はっきりそれが自分だ、みたいな認識はまだないんですが……。本当に、ゆかりを治すために、僕はあんな風に催眠したりＥＣＴをやったりしたんだろうかと。……復讐、というか」

「復讐？」

「母への」僕は続ける。

「あんな母親を、僕は治したかったんじゃないか、と思うんです。よくわかりませんが……、きっとそうだろうと。まだ自分を、何かの話みたいに客観的に見てしまうからかもしれませんが……。母への恨みが、僕も自覚してないうちに、ゆかりに対してされてたような、……何だろう。上手く言えないのですが」

「あなたもそれに気づきましたか」

「……え?」

「私もそう思うんですよ。あなたがゆかり……さんを追い詰めたんじゃないかと」

【手記　8（未出力・フォルダ内）】

妹を崖に落とす前のことだったと思う。一つの、ぼんやりした記憶がある。

学校からの帰り、その坂の途中。私は不意に足を止め、そのまま動けなくなったことがあった。家は高台にあり上らなければならないが、疲労感に身体が沈むようで、どうしてもそれ以上行くことができなかった。なぜあんな家に帰るため、このような坂を上らなければならない？　身体が拒否するように、そう思っていた。この坂を上れば、また私は自分の人生に戻っていくことになる。こんな坂を上ってまで。

家は見えていた。明かりもついている。車があるからなぜかもう父もいるようだった。息苦しい夕食が始まる。血の繋がらない不機嫌な父、脅える母、妹を心配する祖母。そのような空気を認めたくないため、わざとはしゃぐ妹。それらのすぐ側で、ものを食べなければならない。一つの情景を思い出していた。寂しくなり、妹の真似をし、わざとご飯を食べたくないとごねた時、父が私を睨んだ。そうだった、と私は気づかされていた。私には、してはならないことがある。自分が取る行動の一つ一つを検討し、その中で、してもいい行動だけを選び取っていくということ。寂しさなどというみっともない感情は、捨てなければならない。そう思っていたのに、私はなかなか捨てることができなかった。

坂の途中から見る家は周囲が暗くなっていく中で、窓の明かりを強調させていた。あんな家は、明かりなど灯す必要もないのに。私はその場所から、私以外の四人の人影が窓に映るのを見ていた。実際に見えるはずはないから、恐らくその影はあの時の私の想像で、その想像が、記憶となり私の中にあるのだと思う。私という異物。私がいなくなれば完結する家。私を弾く、人生というもの。私はその人影達を遠目に見ながら、でも彼らの脳を変えられたら、と思っていたのだった。子供の私は脳を脳みそと呼んでいたが、彼らのそれを、変えてしまえたらと。

私が母の連れ子である事実、それが何だと言うのだろう？　そんな事実が、彼らの脳内にあるからいけないのだった。暴力的な父、そんな彼の脳を、少しいじくれば彼も暴力をやめるのでは？　父をそうしている遠因、彼の会社の幾人かの脳も、同じように変えられたらどうだろう？　母も、祖母も、そして私もだ。それぞれの内部を、少しでもいじくることができたらどうだろう？

四つの人影のうち一つが消え、母が玄関から出てきた。遠くにいる私に気づく。ランドセルを背負い、立ち止まったまま動けなくなった私に。でも母はこの場に来ることができない。祖母も父もいるから来ることができない。痩せた母。髪の毛が広がるのを、よく水を手につけ撫でつけていた母。私が後に奪うことになった母は、名前も思い出せない男達に抱かれ続けることになる。私には、母を変えることができなかった。彼女からの愛情を、獲得することができなかった。私は母を変えられなかったことをやり直すように、ゆかりの治療に没頭したのかもしれない。人間の仕組そのものに、人生というものに抵抗するように。

私が手に入れたものは何もない。

そこまで考え、少しだけ笑う。今私が考えてるのは、人生の中で起こる悩みや矛盾や葛藤のあれこれだ。私はもう、そんなあれこれから遠い場所にいる。

ただ、少し懐かしかった。まだ自分がこの世界の一員であった頃。この世界の一員に、なんとかなろうとしていた頃。そのような想いには、確かに小さな温度があった。

14

「……薬をください」

「渡してると言ったでしょう?」

医師はまた同じ言葉で返す。

「では違う薬をください。……窓の木が、いや、声が」

「……声?」

「ゆかりが、……嫌がる声がするんです」

医師が黙って僕を見る。彼の沈黙は促しだろうか。

「ベッドで寝ていると、ゆかりの嫌がる声がする。その声を聞いてると、映像が浮かぶんです。デジカメでその様子を撮ろうとする奴らがいて……、そのうちの一人がなぜか僕なんです」

医師の表情がやや険しくなる。

「……それを、本当に自分だと?」

「いえ。そういうわけではないです。そんな映画を観たような気がする、というほどの印象で、自分だとはっきり思うわけじゃないんです。でも、妹や母のことを思い浮かべる時と似てます。いや、それよりは自分から遠いかもしれない」

「……それはあなたの倒錯です」

「あと、妹の足……」

「……足?」

「いや、ああ、でも、……でも何ですかあれは」

僕はそう言って壁を指す。見たくもない白い壁。

「あのフックは何です? あの鉄のフックは。なぜいつもあそこに紐がかかってるんです? 輪になって!」

「……落ち着いてください」

「落ち着けるわけがない。薬をください。薬を。あの輪に」

「輪に?」

「ゆかりがいるように思う。何ですかあれは!」

僕は思わず医師の白衣をつかんでいた。医師はしかし、身体を離そうとするのでなく、逆に顔を僕に近づけた。

「あれは、あなたがやってるんです」

僕は茫然と医師を見る。

「僕が？」

医師が真っ直ぐ僕を見続けている。

「あんなものを、誰かがやるわけがない。私も最初見た時驚きました。でもね、夜中にあなたが突然起き、あのフックに紐をかけるところを私は見てしまった。……私がドアを開け止めようとすると、……覚えてないのですか？　あなたは冗談ですよと言って笑って、また気絶するみたいに眠ってしまった」

「……そんな」

「でもね、私はあなたの気持ちがわかるようにも思うんです」

医師が僕から手を放し言う、親しみを込めるような声で。

「私とあなたは、医師と患者の関係。そうですね？　でも、一人の人間として意見を言わせてもらえば……、よく生きてるな、と思うんです」

「……は？」

「あなたは、よく生きてるなと」

ずっと黙っていた助手の男が、なぜか心配そうに医師を見始める。医師が続ける。

「あなたは昔、妹を崖から落とし怪我をさせ、同じく母親にも怪我をさせた。もちろんあなたに明確な自覚はなかったが、あなたの中の気味の悪い部分がそれを引き起こした。……そのことの自覚はありますね」

「ええ。僕は自分が何者かわかりません。だから、どんな過去でもすがろうとしました。……何度も何度もそのシーンをなぞって、想像し続けました。今ではその時の手の感触まであります」

医師がうなずく。

「その後、あなたは児童自立支援施設に送られ、そこで修理された。でも実際は治ってなかった。あなたがまだ読んでない部分を言いましょう。あなたは医師に引き取られましたが、毎日を注意深く生きることになった。人と距離が近くなる度あなたは怯えた。自分の中の何かがその誰かを損なうんじゃないかと。……でもそれは言い訳だった。あなたはただ、この世界が嫌いだったのです。こんな風な自分を産み落としたこの世界そのものが。あなたはでも精神科医になった。無口な新しい父親の後を継いだだけですが、あなたの中には、自分のような人を救いたいという思いもあったはずだ。でもあなたには向いてなかった。そこで……、あなたはゆかり、……さんに会った」

医師が続ける。無表情で。

「ここからはわかりますね？　強烈にあなたは惹かれた。それはあなたを根底から揺さぶるような愛情だったんです。でも、あなたも気づいた通り、結局母親の投影だったのかもしれない。つまり、あなたはゆかりさんを使って自分の過去の書き換えをしたかった。ゆかりさんが治れば、そうやってこの人生に抵抗できれば、あなたも救われるという風に。そうでしょう？　この窮屈な黒の線を別のものに変えようとした」

「そうかもしれません。でも僕がゆかりを好きになったのは本当です。……僕にはもうわからない」

「ええ。あなたにはわからない。それでゆかりさんが治ればそれで良かったかもしれない。あなたはゆかりさんを愛してたわけだし、それだけは、どんな理由があったにせよ、そうだったわけだし、**ええ、あなたがゆかりさんを本当に救える方法は一つだけあった。**でもそれは今言うことじゃない。……あなたはなぜゆかりさんが首を吊ったと思います？」

「それは……」

「あなたのせいですよ」

助手がなぜか医師の肩に手を置く。でも医師はしゃべり続ける。

「ゆかりさんの自殺未遂は、いつも手首を切る消極的なものだった。それはいわば、助けて欲しいサインだった。でも最後は首を吊った。母親を模倣するみたいに。それはね、あなたがあんなにもゆかりさんの治療にのめりこんだ結果、ゆかりさんの脳に様々な影響を与えてしまったからだと私は思うんですよ。そのあなたの行為が、ゆかりさんの脳に何かしらの影響を与え、死のうとする時に彼女の脳の動きを手首を切るから首を吊るに変えてしまった。どうです？　その可能性はあるでしょう？」

医師と目が合う。確かにそうだ、と思う。僕がいなければ、ゆかりは死んでなかったのではないか。吉見の元で、ひとまずは生きていたのではないか。僕はうなずいたが、医師は表情を変えない。

「……思い出してください。ゆかりがあなたの元を去った時のことを」

「……嫌です。……そのことを想像すると、スイッチが入ったみたいに。……薬をください。お願いします」

「想像するんですよ。その時の絶望を。そしてゆかりさんが死んだ時を思い出してください」

「嫌だ」

「あなたはこの世界において、最も救わなければならない存在を救えなかった。……僕があなたなら生きてはいない。ゆかりさんの後を追うでしょう。私はね、今のあなたより、眠ってる時に紐で輪をつくるあなたにシンパシーを感じますよ」

「薬を」

「……今日はこれで終わりにしましょう」

「薬を」

医師が去りドアが閉まる。息苦しい。この部屋は息苦しい。何て狭いんだろう？　目が白い壁に向く。向けたくないのに、見ようとしてしまう。首を吊ったゆかりがいる。何でそんな表情で僕を見る？　そうなのか？　やはりきみも、僕は生きていない方がいいと思うのか？　僕は部屋にまだ助手の男がいたのに気づく。眼鏡が汚れている。

「……先生が薬をくれません。お願いです」

「ええ。わかってます。持ってますよ」

僕はそれをむさぼるように飲む。でも何も起こらない。

「これは本当に薬ですか？」

「そうです。何を言ってるんです？」

なぜこの男は笑ってるんだろう。ただ僕にそう見えるだけだろうか。この部屋は狭い。恐ろしい。耐えられない。声がする。これは何の声だ？　妹が僕のせいで落下した時の悲鳴か？　デジカメを前にしたゆかりの悲鳴？

「……輪をつくってるそうですね」

「ええ。そうらしいです。僕は」

「今度あなたがそれをつくったら、私はそっとしてあげますよ」

「……は？」

「あなたにとっては、その方がいいのでは。……あなたが自殺未遂したとなれば、医師だってちゃんともっと強い薬を処方しますよ。今はただあなたの身体のことを思い無理に止めてるだけだから。それにもし本当に死んでしまっても」

「……何を言ってるんです？」

「あなたはゆかりさんのお墓の隣で眠れる。……二人は永遠になるんです。首を吊ったゆかりさんを見るのでしょう？」

「ええ。毎日のように。彼女が紐を首に」

「……あなたはそれを許すのですか？」

男が僕をじっと見る。耐えられない。この部屋は狭い。

「私なら、彼女の先に自分の首を入れ、それを阻止するでしょうね」

叫びそうだ。いや、僕はもう叫んでるのかもしれない。気がつくと男もいなくなっている。僕はドアを叩き、体当たりし、また叩く。薬がない。薬をくれ。この部屋は狭い。このままじゃ窓から木々が入ってくる。この声は何だろう？　自分の声だ。僕の声はこんな声だったろうか？　暗がりがある。ベッドの下に暗がりがある。何かいる。絶対に何かいるのだ。やめてくれ。あのベッドの下で母がどこかの男と寝ている。だから眠れないのか？　ゆかり、ゆかりの写真を……。

【手記　9（未出力・フォルダ内）】

診療室にいると、和久井が入って来た。私の様子を見ていた。だが彼は何も言わない。私が自身を痛めつけることが、間宮を追い詰めることになる。このままでは、私も間宮と共に狂うと彼は心配している。そんな心配は無用なのに。以前はもう殺しましょうと私に打診していたが、最近は言わない。

「……あと少しですね」

和久井が静かに言う。やや疲労した声。

「ええ。半分くらいは、上手くいってるのかもしれません。……旧ソ連や米軍の連中なら、もっと完璧にこの復讐の形をできたでしょう。もっと完璧に、私そのものを彼の中に入れることが。完全に洗脳し、私の苦しみを自分のこととして彼が破滅するように」

「木田の例を見れば、でも間宮は上手くいってると思います。十分と言っていいのではないでしょうか、私は素人だからわかりませんが……。ああ、彼は今気絶してます」

「そうですか。ならまた紐を輪に」

「もうしてきました」

「……あとはしばらく、放置してみるつもりです」

部屋の中で、何かの音楽が流れていたのに気づく。

和久井の視線で、自分の動きに何か変わったことがあったのかもしれないと思う。何だろう。サビの前で音楽を消したからだろうか。

外は雨が降っている。私達には関係のない雨。

「あなたは……人を傷つけないコミュニケーションに、長けてますね」

私は和久井を見、そう言葉を出していた。

「とても気を遣う人だ。……でもそれは、……小さい頃からの、習慣であることが多い。たとえば両親の仲を取り持とうとした習慣……。だから、……すみません。今のは褒め言葉じゃありませんでした」

私の言葉に、和久井がわずかに微笑む。細い目をさらに細めて。

「いえ、私もあなたがさっき言ったように、世界に距離を取って生きてきました。……だから、もし私が本当に気を遣う人間なのだとしたら、それはそのまま、世界に対する壁なのかもしれません」

私は和久井を改めて見つめる。窓の近く、部屋の隅の椅子に、和久井は足を組んで座っている。彼も少し痩せた、と思う。彼の爪が伸びたままであるのに気づき、目を逸らす。

私はまた口を開いた。

「私達はお互いをよく知らないかもしれませんが、……この距離感がいいのでしょうか。……あなたといると、いつも人に感じる苦しさを感じない。私達を誰かが遠くから見たら、奇妙な二人組です」

私の言葉に、和久井がまた微笑む。

「本当は、どこかのバーでお会いしたかったですね。……でも」

和久井が続ける。さっきまでかかっていた音楽は、何だったろう。

「私達はこの世界に必要な何かを、ゆかりという意味だけじゃなく、もう失ってしまいました。特にあなたは……。だから、計画が上手くいかなくなって、実際にこの手で彼らを殺す必要が出てきた時は、私にやらせてください」

生地のいいワイシャツに、きちんと整えられた髪。でも近頃は、和久井は無理に外見を整えてるように見える。身なりをきちんとすることで、まだ人であり続けようとするように。眼鏡が時々汚れたままになることがあった。以前はランゲ&ゾーネの時計をしていたが、近頃は忘れている。

「でも、あなたは」

私は言いかけ、先を続けることができなかった。和久井は私に顔を傾けたが、やがて窓の外を見始めた。私達に関係のない雨と、私達に関係のない風景を。

和久井が部屋を出た後、煙草に火をつけた。昔よく見た夢を思い出していた。大勢の人間があらゆる方向へ歩いていく。私はどこかに行こうとし、空港の手荷物検査のような場所で止められる。職員というより、検査員のような男が、私の手荷物に訝《いぶか》しげな声を上げる。「何ですかこれは?」「何ですかこれは?」と彼は言う。そして私の何かの荷物を取り上げていく。「何ですかこれは?」「ああ、これもだ」彼はやめることがない。「こんなもの」と彼は言う。「こんなもの」

「……こんなものを持って、どうするつもりです?」

私より、遥か後ろの列の人間が私を追い越していく。「何でこんなものが必要か説明してください」当然のことながら、私は答えることができない。

なぜ私は、もうこの夢を見ないのだろう。

15

暗がりで目が覚めると、宙に輪が浮いていた。

この部屋は狭い。でもあの輪は、出口かもしれないと思う。何だろう？　気分が高揚している。何でもできるような気がしていた。

台。何か台になるものを。僕はちょうどいい椅子を見つける。なんてこの椅子はちょうどいいんだろう？　試しに。そう、試しに、ちょっとあの輪に近づいてみたらどうだろう？

動悸が急に激しくなる。頭が重くなり、僕は恐怖を感じる。目の前にゆかりがいる。ゆかりが、悲痛に満ちた表情で、輪に自分の首をかけようとしている。崖から落ちていく妹。ゆかりが死んだ時の、足に全く力が入らなかったあの感覚。強烈な映画のシーンのように頭に貼りついてる。駄目だ。もうあんなことを、僕は二度と経験するわけにいかない。

駄目だよ、と僕は思う。その輪は早い者勝ちだから。僕が先に首を入れよう。今の僕は、あの時と違って立つことができる。ゆかりが死んだ時のように打ちのめされてはいるが、少なくとも立つことが。ゆかりを輪から救うことができる。

急に力が湧いてくる。さっきまでの頭の重さに抵抗するみたいに。温かなものが広がっていく。何でもできるんじゃないか？　僕はそう思っている。ゆかりを救うことも、イチカバチカダ。ゆかりを救うのも、イチカバチカ。僕は椅子の上に立ち、輪に手をかける。確率はどれくらいだろう？　ゆかりを助けられる確率は。失敗する確率は？　大したことじゃない。ただこれに首を入れるだけじゃないか。そんなことでゆかりを助けられるなんて。

突然また動悸がする。さっきまでの動悸と、種類が違うように思う。何だろうこの風景は？　友人達と、虫取りのために林の斜面にいた。暗い木々を背後に、少女が、不法投棄のタイヤや自転車の残骸にひっかかってたんだ。これは……妹？　でも、上にいたはずの僕が、妹を下から見ることなどできるわけがない。どこからか木々が迫って来るように思う。

鼓動がさらに速くなる。何だろうこれは。あの時、僕はその傷ついた少女を、美しいと思っていた。あの少女が、もっと大人だったら、と思っていた。そう、学校の先生、時々スカートが短いあの学校の先生が、この少女みたいに服が破れて傷ついていたら、もっといいのにと思った。僕はその、服が破れて白く綺麗な足がむき出しになった少女を見ながら、性的に興奮したんだ。性器が、大きくなっていったんだ。初めての経験だった。背後にある木々が、そんな僕をさらに誘発するように揺れていた。少女を中心に、木々の揺れがどんどん大きくなって……。何かが近くまで来てる気がする。ゆかりを僕は損なってる？　あの少女を見て以来、自分は女性を虐《しいた》げることに不安と興奮を……？　それに甘んじた僕は最低だが、しかし、あの少年だった頃に、あの少女を見た瞬間興奮してしまった僕に罪はあるのだろうか？

　何かが来ている。スキーをした記憶。白い雪……、頭痛がする。何かが邪魔をしてる。崖から落ちていく妹、他の男に抱かれてる母。ゆかりを失い、絶望する自分がせり上がってくる。衝撃を感じ、僕はとっさに何かにつかまる。首が、紐にかかってる。咄嗟《とっさ》に指を入れる。首と紐との間。身体を浮かさなければならない。首を吊ってしまう。頭の内部で何かが膨張していく。溜まっていく。

　何があった？　椅子から足を動かしていた？　何かが戻ることに、妹や母の記憶が邪魔を？　それが足を？　なぜ？　何に抵抗を？　僕が？　力が入らない。医師を呼ぼう。でも声が出ない。力が足りない。首が挟まれた指ごとしまっていく。息ができない。どこか足をつける場所を。足を。何でだ。足を、身体が揺れる。揺れては駄目だ。足を。苦しい。――。足を、――。目の前に。――。――。女？――。

＊＊＊

和久井はコーヒーを一口飲み、壁にかけられた絵を眺める。幾何学的な模様の、線が交差する抽象画。小塚もコーヒーを飲んでいる。

「……終わりましたね」

「ええ」

和久井は顔を上げ、何かを言いかけてやめ、また何かを言いかける。だが小塚が口を開いた。コーヒーカップに視線を留めたまま。

「……間宮の死体は、どのようにでもできます。今から通報し、患者が自殺したと言ってもいい。このまま埋めてもいい。……彼は知人の家を転々としてたので住所もない。不安定な生活をしていた人間が、一人失踪したに過ぎない。死体が出れば警察も動きますが、そうでなければ放っておかれるだけです」

小塚の言葉に、和久井はうなずく。ここ数日で、この医師は随分瘦せたと和久井は思う。二人で復讐すると決めたのに、小塚の負担が大き過ぎると思えてならなかった。殺しましょう、と最初に言ったのは和久井だった。だから和久井は小塚の負担を減らそうとするが、上手くいかない。ほとんど補助のような役割しかできていない。自分にも覚えがあった。何かを全て自分でやろうとすることは、責任感だけでなく、世界に対しての壁なのだと。

せめて間宮の死体は自分が処理しなければ。これは二人の復讐のはずなのに、自分の影が薄くなっている。和久井がそう思い言いかけた時、小塚が続ける。

「間宮の人生は無残なものでした。繁華街をうろついていて、でもその外見のため定期的に誰かに拾われる。……拾った女性は、その後厄介な人生を選ぶことになります。彼の暴力性に痩せていく。女性達からすれば、人生にある罠のようなものです。彼は拾ってはいけない落とし物のようだった」

小塚はなぜか、不思議そうに飲んだ後のカップを見ている。味を感じていないのかもしれない。コーヒーの味を感じることができないというのは、カフェの店主だった和久井にとって、通常の意味よりショックが大きかった。和久井がそんな小塚を思いコーヒーを濃くつくっても、小塚のこの様子に変化がなかった。

静かだ、と和久井は得体の知れない寂しさを感じながら思う。人が死んだ後は、こんなにも静かなのかと。この病院は町から離れ過ぎている。窓に目をやり、いつの間にか木々が微かに紅葉してるのに気づく。でもそのことに、気持ちが動かされることがなかった。

和久井は小塚を見、口を開いた。

「……一つ聞いてもいいですか」

「どうぞ」

和久井は続けるため短く息を吸う。ずっと気になっていたことだった。

「あなたが書いた手記を読みました。あなたも読んでいいと言ったから。あなたが今書いている、パソコンの中のものまではわかりませんが……。そこに、あなたとゆかりが愛し合う場面が描かれていました。……診療室で、あなたとゆかりが。……なぜあの場面を書いたのです？」

「そのことで、一つわかったことがありました」

小塚が一枚の紙を見せる。プリントアウトされた、通り魔事件の新聞記事。二十代の無職の男が、路上で人を何人も刺していた。

「……これが何か？」

＊＊

吉見はまた小塚を患者のように迎えた。

「間宮が死にました」

小塚がスーツケースを絨毯に置き、丸いテーブルに吉見と向かい合うように座る。

「……どこか行くのか」

「海外に」

「逃亡を？」

「いえ、また戻ってきますよ」

吉見が小塚にもワインを注ぐ。これまで飲まなかったが、小塚は口をつけた。

「なら、きみと会うのもこれで最後だろう」

部屋の冷房が効き過ぎている。そのことに吉見は気づいてないが、小塚も気づいてなかった。

「この世界を遠くから見れば」吉見が続ける。

「それぞれの線が、それぞれに伸びていく網のようなものだ。その線はその人間が意識できない領域でも動き、その人間を時に否応なく動かしていく。きみとゆかりもそうだ。背後にあった母親の投影。人間は、その人間が思ってるよりも実は狭い人生を生きている」

「ええ、……そしてその線の網の中にあなたもいた」

「……ん？」

「間宮達にゆかりの場所を知らせたのはあなたですね」

遠くで列車が遠ざかっていく。それぞれ何かを抱える人間達を乗せ、それぞれをどこかへ運んでいく。吉見はぼんやり小塚を見る。

「木田が偶然、和久井の店で働くゆかりを見つけた。ない話じゃない。でも恐らくあなたが知らせたはずです」

「どうだろうね。証拠がない」

――あのカフェでゆかりに声をかけた彼らに。すっとするはずだ。

「ん？」

小塚はＩＣレコーダーを見せる。

「あなたの声。先日のあなたとのカウンセリングを僕は録音してます。あなたはなぜ、ゆかりがカフェで働いてたことを知ってたんです？　さらになぜ、彼らがゆかりに声をかけた場所が、そのカフェということまで知ってたんです？　気づかなかったですが、全てが終わり、改めて聞いてみた時ようやくその不自然さに気づきました。僕の視野も多少広くなったということでしょうか。そもそもゆかりに声をかけたのは木田ですが、情報を知らせたあなたは彼らが二人で行ったと思ったのでしょう。カウンセリングに入る前も、僕の趣味嗜好まで知ってる様子だった。あなたは私達のことを調べていた。そしてもう一つ、あなたは僕に嘘をついた」

「どんな」

「児童自立支援施設で、あなたは僕を治したと言った。……でも本当は治さなかった。そうでしょう?」

部屋の四隅にある円柱の照明の一つが、ゆるく点滅していく。

「あなたの患者が起こした通り魔事件は、僕があなたに会う前だったんですよ。つまり、僕が会った時のあなたはもうおかしかった。……僕は手記を書きました。木田や間宮に読ませるための僕の人生。いや、書いてた理由はそれだけじゃなくて、僕は自分のことを書きたくなったのだと思います。でもそこで一つ嘘を書いていた。……何だろう。願望、だったのかもしれません。手記を書いておきながら、僕は真実を書くことから逃げた。児童自立支援施設を出てから、僕は一つの印象に悩まされるようになったんです。母と寝た感触。僕が母の前で取り乱し、食器が飛び母を傷つけた時。僕はそのまま母を押し倒し交わった印象があった。そんなことはなかった。それはわかっていました。だけど、僕はどうしても、自分がそうしたような気がしてならなかった。そんなことはなかったという事実の記憶の方が、しっくりこないという状態だった。……医師に相談したこともありますよ。あなた以外の。その医師は、母を犯す想像は珍しいことじゃないから気にするなと言った。あなたの罪悪感の何かの現れでしょうと。でもその印象はあまりにも生々しかったんです。あなたはあの時、僕にそう催眠として暗示をかけた。治す過程のどこかで。そうでしょう？　まだ脳の柔らかいあんな子供に、女性器の具体的な感触まで教えた。とてもリアルに」

「……証拠がないね」

「ええ。でもあなたから聞いた話を総合すれば間違いないんです」

小塚は言いながら表情を変えない。

「ただでさえ、僕は性に問題のある環境で長く育っていました。そして児童自立支援施設であなたに会ったとされる時期から余計に、僕は性の障害を酷く感じるようになる。僕は女性を抱けない。だからゆかりも抱いてない。ゆかりはそれを自分が汚れてるから僕が抱けないと思い込んだ。初めに試みた時に失敗して、しばらく間をあけて三度、五度と失敗した時、ゆかりは泣きました。それからは、もう試みることさえさせてくれなくなった。

僕が彼女と共にいればいるほど彼女は傷つくことになった。……彼女の新しい自殺衝動は僕に拒否されてると思ったからだ。説明しましたよ。でも彼女は信じなかった。その後ゆかりが記憶をなくし和久井に受け入れられたことは、僕にとって苦痛でしたがゆかりにとっては幸福だった。……ねえ、何であのような少年にそんなことをしたんです？　いいでしょう。あなたの代わりに僕が答える。それはちょっとした嫌がらせだった。違いますか？……あなたの元に来たゆかりに、僕のクリニックを紹介した理由も今ならわかる。あなたは僕が、女を抱けなくなってれば面白いと思っていた。確信的にそう思ってたわけじゃない。何となく、ぼんやりそう思っていた。そんな僕とゆかりが精神科特有の恋愛にでも陥り、お互いに傷つけ合えば面白いと思っていた。そうでしょう？　人間の習性を操るような快楽をあなたは感じていた。そして僕は大体その通りになってしまった。僕は今あなたの領域にいるからわかるんですよ。悪意に満ちた老人の暇つぶし。年齢による様々な興味の喪失の中で、否応なく育ってしまったあなたの残された歪み。もしかしたら、あなたのゆかりへの歪んだ愛情でもあったかもしれない。……私を養子にしろと同僚に言ったのも、あなたの趣味というか研究のサンプルを近くで見たいとちょっと思っていたからだ」

小塚は吉見を見続ける。

「私の人生を返してください」

だが吉見は何も言わない。だらけたように椅子に座り続けている。

「……見せたいものがあります」

小塚は持っていたスーツケースを開く。

「海外など行きませんよ。ここには何も入ってない。あなたが入るのだから」

小塚が微かに笑みを浮かべる。

「大柄だった頃のあなたなら入りませんが、今ならすんなり入るでしょう」

小塚と吉見の視線が合う。隅の照明はまだ点滅し続けている。視線を逸らすだろう、と吉見は思っていたが、小塚の視線は動かなかった。吉見が息を吐くように笑みを浮かべる。

「まあ……、興奮するな。水でも飲むか？」

吉見が腰を浮かすのを、小塚は仕草で止める。

「無理です」小塚が続ける。

「そうやって今あなたは立ち上がろうとしてる。……知ってますよ。冷蔵庫の脇に高齢者用の緊急ブザーがある。でもあなたは押せない。なぜならそういう仕草をした瞬間僕が抑えつけるから。しかしながら、あんなブザーをつけるなんて笑い話にもなりませんね。命に固執を？　そんな命を？」

「……どうやって私をその中に入れる？」

「本当は眠らせるつもりでしたが薬を忘れてしまった。……なので、あなたを動けないほど痛めつけることになります」

「……こんな老人をか？　きみに……、いや、できるな。今のきみなら」

エアコンの振動が微かに響く。季節でないのに、部屋は冷房され続けている。小塚は煙草に火をつける。この部屋が禁煙かどうか聞くこともなく。煙が無造作に広がっていく。

「あなたが舌を噛もうとすれば、僕は力ずくであなたの入れ歯でも取るでしょうね。そうすればあなたは自分の舌すら噛み切れない」

「……なるほどね」

小塚が吉見を立たせる。吉見は抵抗する素振りがない。

「ちなみに、じゃあきみは誰とも？」

「いえ。……一度、そういう店に行き、苦労して行うことができました。親切な女性でした。ええ、とても親切な……。でもそれ一度きりです。上手くいったのはその時だけでした。僕は自分が愛情を感じる相手とはできないのかもしれない。……あなたは今、自分がつくった奇妙な存在が大体完成してたのを知ったんですよ。さらに自らカウンセリングをして変化させた相手にこうされるのです」

吉見がスーツケースの中に入る。閉じる時、小塚が中を覗き込んだ。

「きみが自分を変えるために、なぜ宮崎勤と前上博を参考にしたのか。……なるほどね、二人とも性に障害があった」

「……今のあなたが、僕からあなたに向かう黒い線、それを美しいと思えるかどうか」

スーツケースが開かれた時、吉見は強い光に目が痛くなった。これから死ぬ人間に、痛みを律儀に伝える身体を少しだけ愛しく思う。無理に力を入れ、立ち上がる。部屋に男がいる。神経質そうな男。椅子に座ったまま、小塚と吉見を怯えたように見ている。

「これが木田です。……おかしいな」

小塚がやや困惑したように木田を見ている。

「老人を見たら殺して自分は自殺しろ。そう暗示をかけてるのに。……やはり上手くいきませんね」

木田は怯え続けている。小塚が息を吐く。

「まだ薬が効いてるからでしょうか。間宮ほど上手くいきませんでしたが、一応彼の中にも私が入ってる。……まあ、いつかあなたを殺してくれるでしょう。……それまで、あなたは何日でもここに彼といてください。食べ物くらい出しますから。……あなたのカルテには、適当な病状を書いておきますよ。医師のあなたにとって、これまで一番興味深かった病を後で教えてください」

　小塚が部屋を出ようとする。

「吉見、……さん。ゆかりはあなたの言う網から一度出たのです。記憶を消すという、本来なら許されない方法であったのだとしても。ええ、私の苦しみと引き換えに。……でもそれをあなたが、この世界の悪意に満ちたレフリーのように、彼女を網の中に連れ戻してしまった。……あなたの死因を、老衰や癌にするわけにいかないのです」

　小塚がドアを開ける。

「……人間が生きるというのは、何なのでしょうね」

　背後でドアが閉まる。ここは町から離れ、外の音は何も聞こえない。

　吉見は、狭い部屋で男と向かい合う。吉見は長いキャリアを持つ精神科医として、目の前の男の病状を把握しようとする。短く息を吸い、しばらく見つめ、これは駄目だ、と思う。この人間は、徹底的に内部が破壊されている。数十年医師をやり、これまで見たことがないくらいに。

　ヤブ医者だな、と吉見は小塚について思う。これなら自分は、相当雑な殺され方をされるに違いない。

＊

小塚と和久井が向かい合っている。またコーヒーを飲んでいる。

「見れなかったのは、残念でした」

和久井が言う。でも特別に、残念そうに見えなかった。

「すみません、とても急でしたから。私もドアの窓から見れたのは、吉見が死ぬ間際からでした」

小塚が姿勢を変えたことで、パイプの椅子が乾いた音を立て微かに軋んだ。

「……木田が吉見の首を絞めたのは、でも私の暗示や私の記憶と恐らく関係なかったでしょうね。ただ薬が切れて混乱し、半ば発狂した中でただ首を絞めただけでしょう。……吉見は、抵抗することなく力を失っていきました」

「木田は」

「その後、四日ほどして首を吊りました。それも特に私とは関係なかったでしょうね。ただ混乱の中で、発作的にそうしただけでしょう。上手くいきませんでした。いや、半分くらいは上手くいったでしょうか。……私が天才であったなら、私の入れた記憶で相手に解離性同一性障害、簡単に言えば多重人格障害を引き起こし、その記憶を人格化することまでできたかもしれません。私そのものを、彼らの中に人格化させ出現させるように。……近いところまでは、いっていたようにも思うのですが」

和久井はうなずく。もう十分だという風に。小塚が続ける。

「死体は埋めました。吉見のマンションはあれだけ高級なのに、裏口に防犯カメラがなかった。正面玄関にはあるのですが、多数いた入居者のヤクザが嫌がって裏口のを取ったそうです。……死体が見つからなければ、老人が失踪したくらいで済むでしょう」

「……小塚さん」

和久井がゆっくり向き直り、小塚をじっと見つめる。小塚はまだコーヒーを飲んでいる。味わってるようには見えない。

「私は、ゆかりが死んでから、もう生きる力を失っていました」

和久井の声が震えていく。

「彼らがどういう形であれ死んだら、復讐が終わりその死を確認できたら、実はもう人生に未練はないと思っていました。……ゆかりに会う前、あなたも察したように、私にも色々あった。あんな華やかなカフェをしていたのは何かの冗談のようだった。彼女と出会ったことで、もう少し生きてみようとしていた日々だった。……それほど人生に執着していたわけじゃないんです」

小塚はお湯のようにコーヒーを飲み続けている。

「でも今、……私は自分の人生を新たに生きようとしている。もう一度、店を、なぜか始めようとまで思っている。小塚さん」

和久井は小塚を見続けている。

「……私に何かしましたね」

小塚はコーヒーを静かに飲み干し、和久井を見る。わずかに微笑んでいる。

「精神科医は万能じゃない。そう思ったのはあなたの意志ですよ」

「いや、あなたは私に何かをしたはずだ」

「……あなたには生きてもらわないと困る」

小塚が続ける。

「あなたが死んでしまえば、もうゆかりを知る者がいなくなる。……ゆかりのことを、あなたの脳内にとどめておいてください」

「あなたは？」和久井は目に涙を浮かべている。

「私のことはいいでしょう。一つ聞かせてください」

「ええ」

「あなたに、その……、性的に求められていた時、私とは叶わず、あなたに愛情で包まれていた時、……ゆかりは幸せそうでしたか？」

「はい」

そう言って、和久井は泣いた。

「そうですか」

小塚の声が震えていく。

「それは良かった。……本当に良かった」


一人になった小塚が、部屋のドアを開ける。ゆかりの人形はもうない。彼が書いた手記も、パソコンのハードディスクも消去されている。

吉見の最後を、小塚は和久井に正確に伝えなかった。

木田に首を絞められている吉見を、小塚はドアの窓越しに見つけた。その時、吉見は小塚に気づき、口を開いたのだった。ドア越しで声は聞こえない。でもその口は動いていた。首を絞められながら、少しの間会わなかった知人に、気軽に声をかけるように。全く苦痛を感じていない顔が、のけぞっているため小塚から逆さに見えた。〝ああ、来たか。これでもう、きみもまともに生きられないな〟

その顔がよぎり、眩暈を感じ小塚は吐いた。床に手をつき喘ぎ、手探りで引き出しを開け、つかんだ分だけ薬を口に入れた。何錠あっただろう？　間宮の首つり死体を見てから、密かに薬が必要になっていた。カウンセリングの効果が、なくなり始めてるのかもしれない。立ち上がるまでしばらく時間を必要とした。

頭が重い。このままだと、自分が死んで終わりだろう。自分の人生の結末。でもそうなるわけにいかなかった。そうすれば、自分はこの世界に敗北したことになる。だからＥＣＴの機械の前にいた。一人でできるように、簡単に手を加えていた。

自分は、と小塚は思う。こういう人生を歩みたかったという、ささやかな願望があった。誰かと一緒ではなくても、どこか静かな場所で、散歩をしたり本を読んだりしながら過ごしたいという願望。こういう内面を抱えるのではなく、もう少しだけシンプルな内面を持つ人間になりたかったという願望。テーブルの上には、忘れてもいいように、キャッシュカードやクレジットカードの暗証番号、新しく借りた小さなアパートの住所がある。この病院の処分も、弁護士を雇いもう済ませている。

ＥＣＴを終えたら、きっと自分は空白のままこの紙を見るだろう。そこには、手記と平行して書かれていた、自分の別の人生が記されていた。平凡に生まれ、平凡に生きた架空の嘘の人生が。

四人家族の元に生まれ、高校で初めて彼女ができ、大学時代で結婚を考える相手がいたが別れてしまったこと。それから何人かの女性と付き合ったが、今は一人であること。旅行が趣味で、意外とお笑い番組が好きで、本と音楽が好きなこと。思いつくのは平凡なことばかりだった。自分が上手く、それを信じることができればいいのだが。

最後まで迷った箇所には、こう書いていた。ゆかりという女性と付き合っていたが、別れてしまったこと。でも彼女は今では、生真面目な男とロサンゼルスでカフェをやり、静かに幸福に暮らしていること。もちろんそんな文章に意味はもうない。でも、そう書かずにいられなかった。現実を前にした、絶対に叶えられない祈りのように。

最後かもしれない、と思い煙草に火をつける。目が覚めた後の自分が、喫煙の習慣を忘れてるかもしれないから。煙草の煙を見ながら、上手くいかなかったら、と考える。通常のやり方ではない、激しいＥＣＴを何度もしても記憶があったら。もしくは一旦は消えても、後に記憶が戻ったら。その可能性はかなり高い。

これは賭けだ、と思う。何かが、自分にそれを許すかどうかの賭け。もし賭けに負け、またこの自分を引き受けることになったら、その時は自分はまた精神科医として生きていく。この世界の背後に溢れる様々な黒い線、そのダメージを少しでも静めるように。彼らの人生を終わらせたことと引き換えに、自分の内面も深く損なわれている。自分の精神の範囲を、超えたことをした報い。もう人生に幸福を求めることもできない。だから、ただ機械のように、本来の人生は終わった人間として、患者達を治す存在としてだけ生きることになる。

でも一度は、別の人生を望んでみたかった。少しの間でもいい。これまで経験することのできなかった、この世界の何かの平穏を——。

小塚は煙草の火を消し、ＥＣＴのスイッチに手を伸ばす。クリニックの電話が不意に鳴る。恐らく和久井だろう、と小塚は思う。

和久井に、最後まで言えなかったことがあった。和久井は似ているのだった。自分がゆかりに催眠で語りかけた、架空の昔の彼氏、その彼が似ているとした俳優に。

涙を浮かべ、小塚は和久井に謝罪の言葉を呟く。その電話の音を聞きながら、ＥＣＴのスイッチを入れた。

初出　「文學界」二〇一六年六月号

主な参考文献

『夢のなか——連続幼女殺害事件被告の告白』宮﨑勤著　創出版
『夢のなか、いまも——連続幼女殺害事件元被告の告白』宮﨑勤著　創出版
『宮﨑勤裁判』（上・中・下）佐木隆三著　朝日新聞社
『宮﨑勤　精神鑑定書——「多重人格説」を検証する』瀧野隆浩著　講談社
『宮﨑勤事件——塗り潰されたシナリオ』一橋文哉著　新潮文庫
『M／世界の、憂鬱な先端』吉岡忍著　文春文庫
『マインド・コントロール』岡田尊司著　文藝春秋
『記憶のしくみ』（上・下）ラリー・R・スクワイア、エリック・R・カンデル著　講談社

あとがき

この小説は、僕の十七冊目の本になる。

僕の本を多く読んでいる読者さんだと、デビュー作の『銃』からこの『私の消滅』まで続く、一本（または複数）の線のようなものが見えるかもしれない。前々作の『教団X』、前作の『あなたが消えた夜に』がなければ、この小説は完成しなかった。

この小説もまた、僕にとって大切なものになりました。

参考文献を一応記しているが、主に事実関係を調べるために使用したもので、念のために書くと、宮崎勤元死刑囚の分析はオリジナルです。飼っていた小鳥の生命を奪い、埋めてから掘り起こし泣いていた小さな頃の彼を思うと、彼のやった犯罪は許されないのだが、この世界とは一体なんだろう、と思う自分を止められなかった。

読んでくれた全ての人達に感謝する。この世界は時に残酷ですが、共に生きましょう。

二〇一六年五月二十七日　中村文則

写真　塩田千春「Trauma／日常」
　　　資生堂ギャラリー「椿会展 2008」より／撮影　山本糾
装丁　鈴木成一デザイン室
組版　言語社

著者略歴

中村文則（なかむら・ふみのり）

一九七七年、愛知県生まれ。福島大学卒業。二〇〇二年『銃』で新潮新人賞を受賞しデビュー。〇四年『遮光』で野間文芸新人賞を受賞。〇五年『土の中の子供』で芥川賞を受賞。一〇年『掏摸　スリ』で大江健三郎賞を受賞。『掏摸　スリ』の英訳が米紙ウォール・ストリート・ジャーナルの二〇一二年年間ベスト10小説、米アマゾンの月間ベスト10小説に選ばれる。一四年、ノワール小説に貢献した作家に贈られる米文学賞デイビッド・グディス賞を日本人で初めて受賞。作品は世界各国で翻訳され、支持を集めつづけている。

その他の著書に『悪意の手記』『最後の命』『何もかも憂鬱な夜に』『世界の果て』『悪と仮面のルール』『王国』『迷宮』『惑いの森～50ストーリーズ』『去年の冬、きみと別れ』『A』『教団X』『あなたが消えた夜に』がある。

私《わたし》の消《しょう》滅《めつ》

2016年6月20日　第1刷発行

著　者　中村文則《なかむらふみのり》

発行者　吉安 章

発行所　株式会社 文藝春秋
〒102-8008 東京都千代田区紀尾井町3-23
電話　03-3265-1211

印刷所　大日本印刷

製本所　加藤製本

万一、落丁・乱丁の場合は送料当方負担でお取替えいたします。
小社製作部宛、お送りください。定価はカバーに表示してあります。

Printed in Japan　ISBN978-4-16-390471-9